AF589853

La Littérature ennemie de la famille

LOUIS BETHLÉEM

La Littérature ennemie de la famille

Les faits. — Les droits. — Les devoirs

PARIS
LIBRAIRIE BLOUD & GAY
3, rue Garancière
1923

NIHIL OBSTAT:

Parisiis, die 21ª septembris 1923.

H. DU PASSAGE

IMPRIMATUR:

Parisiis, die 22ª septembris 1923.

MAURICE CLÉMENT.
vic. gén.

AUX CHEFS DE FAMILLE

AUX ADMIRABLES ASSOCIATIONS DE FAMILLES

créées dans toutes les provinces

pour favoriser la natalité et l'hygiène

ou pour entreprendre

la réorganisation familiale de la France

AUX HOMMES ET AUX FEMMES DE VOLONTÉ

JE DÉDIE CETTE MODESTE ÉTUDE

où ils trouveront un peu de doctrine

beaucoup de faits

de fortes raisons d'agir

et un programme d'action

L. B.

La Littérature ennemie de la famille

Idée générale

Je commence cet essai documentaire par une profession de foi :

« La religion seule enseigne une morale de premier degré et a la force de la prescrire, le pouvoir et le don de l'animer, de l'enflammer, de la rendre vivante et glorieuse, d'en faire une néçessité, un commandement.

« On n'a quelques chances réelles d'assurer l'extension, la grandeur et la beauté de la famille française, qu'en ayant recours à l'esprit religieux, à ses bienfaits reconnus, en le semant où il manque et ne demande qu'à germer, en l'encourageant et en le développant dans des terrains mieux cultivés, en le respectant enfin partout, au lieu de chercher à le combattre et de vouloir l'étouffer. »

Ainsi s'exprime, dans son ouvrage *La Famille française* (pp. 286-287), M. Henri Lavedan, de l'Académie française. Ainsi parlent, non seulement les catholiques, mais la plupart des moralistes et des sociologues d'aujourd'hui ; c'est ainsi que je vous parlerais moi-même, si j'avais à prononcer un sermon. Mais je me garderai de tout sermon : ce n'est pas un sermon que vous attendez de moi.

Il y a près de vingt ans, je suis parti en mission, pour un pays que l'on appelle indifféremment, la République des lettres, Bibliopolis, la foire aux livres, la Babel de la presse, le Capharnaüm de la littérature, avec l'intention arrêtée de renseigner les familles sur tout ce qui s'y passait. Depuis cette époque, j'ai visité les coins et les recoins de cette région, assurément mal connue et peut-être insuffisamment explorée, j'ai multiplié les enquêtes, j'ai étudié les habitants, j'ai évalué les produits, j'ai groupé des observations, afin d'être en état de mettre en garde et de conseiller les importateurs, les consommateurs et les touristes qui composent les familles.

C'est de ces travaux que cette étude s'inspirera. Je ne dirai pas tout : il y faudrait une encyclopédie. Je me bornerai à étudier sommairement cette partie de notre littérature qui s'est posée, résolument ou insidieusement, comme l'ennemie de la famille. Je ne risquerai guère de dissertations, je relèverai surtout des faits et des témoignages échappant à toute dispute : je voudrais en effet que, sur ce terrain et dans cette action, toutes les bonnes volontés, toutes les familles, à quelque opinion qu'elles appartiennent, s'associent sans hésitation et par conséquent, avec les meilleures garanties de succès, pour combattre la littérature ennemie.

Cette littérature est représentée principalement par quatre catégories d'ouvrages : 1° Des romans et des pièces de théâtre ; 2° Une partie de la grande presse ; 3° Les journaux pornographiques ; 4° Des illustrés pour enfants.

Les familles et particulièrement les pères de familles et les associations de pères de famille ont le droit et le devoir de lutter contre l'influence dévastatrice et profondément antifamiliale de cette littérature.

Enfin, les familles décidées à l'action trouveront, dans les conclusions pratiques que nous proposons, d'abord le moyen de mettre la littérature ennemie hors d'état de leur nuire, ensuite de favoriser la littérature amie et alliée qui consentirait à défendre, d'accord avec elles, les droits que nous possédons, que nous proclamons, que nous voulons revendiquer jusqu'à complète satisfaction.

Tels sont les trois points sur lesquels nous voudrions successivement appeler l'attention des dirigeants et des chefs de famille.

PREMIÈRE PARTIE

Les faits

QUELLE EST LA LITTÉRATURE ENNEMIE DE LA FAMILLE

I

Les romans et les pièces de théâtre

1\. — Les romans et les pièces de théâtre qui représentent la littérature ennemie ont proclamé la souveraineté de l'amour. L'amour soumet donc à ses lois brutales tous les éléments qui composent la famille, notamment la femme qui est ainsi ravalée à la qualité de poupée, de révoltée, de courtisane, etc.

2\. — Deux œuvres types de la littérature ennemie de la famille : l'œuvre romanesque de Victor Margueritte ; l'œuvre dramatique de Georges de Porto-Riche, de l'Académie française.

3\. — Ces œuvres dévastatrices se répandent de plus en plus dans tous les milieux, et y portent leurs fruits. Elles dissolvent et ruinent la famille : car elles y introduisent les désordres dûs à l'amour souverain ; elles favorisent la stérilité volontaire, l'union libre et l'adultère ; elles corrompent les jeunes gens et les jeunes filles ; elles discréditent la femme reine du foyer au profit de la femme de mauvaise vie.

La littérature ennemie de la famille forme une

masse effrayante. J'en élimine la plus grosse part, c'est à savoir l'ensemble des livres licencieux ; j'élimine ensuite toute une catégorie d'ouvrages qui, en raison de leur caractère même, tombent sous la condamnation des lois et ne produisent clandestinement que des ravages profonds, mais sporadiques.

Je m'attache donc dans ce paragraphe, aux romans et aux pièces de théâtre, et parmi cette littérature, j'envisage seulement les ouvrages d'idées, les romans et les pièces de théâtre qui sapent, par des voies plus ou moins directes, les doctrines génératrices et conservatrices de la famille.

I.

Pour tous les esprits réfléchis, pour tous les citoyens qui ont à cœur la dignité éminente de l'homme et de la femme, l'éducation des enfants, la force de la nation et l'avenir de la race, les droits de la famille, établis par la Providence, respectés, exercés et légués à notre génération par nos aïeux, sont considérés comme sacrés, imprescriptibles, et en quelque sorte souverains.

Aux yeux des romanciers et des dramaturges dont nous parlons, au contraire, les droits souverains appartiennent à l'Amour, à l'amour dans l'acception la moins noble de ce mot, à l'amour brutal et instinctif, à l'amour animal.

Dans une notable partie de notre littérature, l'amour — cet amour — est roi. Il règne ; il gouverne tout dans la famille et dans la société : il est le roi absolu. Bien plus, il est le roi légitime : car il est roi, en vertu d'un droit. Il n'est enchaîné par aucune entrave, arrêté par aucune barrière, lié par aucune loi. Tout ce qui s'opposerait à son empire et à son expansion, la religion qui l'a réformé et avili en y mettant la notion de péché — c'est Henry Bataille qui parle — la société qui a dressé contre ses dérèglements la loi et les conventions, les serments contractés à la mairie et à l'église, les liens indissolubles du mariage, la fidélité conjugale, les obligations du conjoint et de la conjointe, les droits de l'enfant, tout doit s'effacer devant sa prétendue souveraineté.

L'amour est seul maître. Les débordements précoces de la vie passionnelle, l'adultère et la prostitution sont légitimes, pourvu qu'ils se réclament de ses lois ; toute union est valide et licite par le fait seul de son intervention ; toute union devient caduque, dès qu'il s'en sépare.

Voilà ce qu'enseignent nombre d'écrivains néo-moralistes, soit par des raisonnements spécieux, soit par des fictions habilement ménagées, soit surtout par une accumulation de tableaux ou de suggestions qui forcent le lecteur ou le spectateur à tirer lui-même la pire des conclusions[1].

Voilà ce qu'enseignent, implicitement et au travers d'une intrigue plus ou moins plaisante, certains vaudevillistes et fabricants d'opérette. Ils s'appliquent à rendre ridicules le mariage, la fidélité conjugale, les vertus domestiques et les devoirs qu'ils imposent, et d'autre part, à rendre agréables les plaisirs dégradants qu'ils représentent comme le but de la vie.

« On peut dire sans se méprendre, écrivait Emile Bergerat dans *Le Figaro* (7 mai 1917), qu'il n'y en a dans l'encrier français que pour les cantiques à Eros libre. »

L'Amour est souverain : ainsi l'ont décidé les légis-

(1) Ainsi *L'Enigme*, de Paul Hervieu, *Le Torrent*, de Maurice Donnay établissent les droits supérieurs de l'adultère ; *La Marche nuptiale*, *Résurrection*, *La Femme nue* et en général toutes les œuvres de Henri Bataille ; celles d'Ibsen, de Porto-Riche et de Georges Sand prêchent les revendications de l'instinct. On trouvera des exemples détaillés, pour ce qui concerne le théâtre, dans le remarquable ouvrage de François Veuillot, *Les Prédicateurs de la scène*, auquel nous avons emprunté les observations qui précèdent.

lateurs de la République des Lettres. En vertu d'une logique inéluctable, il doit donc soumettre à ses lois toutes les créatures qui composent la famille et notamment la femme.

La femme, formée par des siècles de christianisme et de chevalerie, est le chef-d'œuvre de notre passé. Devant l'amour, elle est condamnée à abdiquer sa noblesse; car elle ne doit servir qu'aux desseins du souverain. Aussi, la littérature ennemie de la famille l'a-t-elle ravalée aux conditions les plus dérogeantes. Dans ces livres, dans ces pièces si nombreuses, dans ces romans innombrables, la femme n'est plus la femme, elle n'est plus la fiancée, elle n'est plus l'épouse, elle n'est plus la mère, elle est la parisienne, la poupée, la don-juane, la demi-vierge, l'affranchie, la déchaînée, la grisette, la courtisane.

En août 1916, une italienne, Madame Luisa Amici-Grossi, adressait à M. Brieux, de l'Académie française, une lettre qu'elle intitulait « L'Ecole des mères » et dans laquelle elle disait:

« Est-ce leur faute, je vous le demande, si les Françaises ont oublié, depuis tant d'années déjà, que le vrai rôle, l'unique rôle pour ainsi dire de la femme, c'est d'être mère?

« Qui a exalté en elle la poupée, la petite poupée parisienne, toute fanfreluche et maquillage, la petite poupée sans poitrine, sans hanches, presque uniquement faite de sa robe, de sa coiffure et de ses dessous ? Qui lui a créé le règne de ce faux monde du théâtre qui règne encore partout, à côté du monde de la politique, encore plus dans les restaurants et les casinos à la mode que sur la scène ? Qui a fait de la demi-mondaine la véritable reine de la société française moderne, si l'on en croit du moins vos livres et vos journaux ? Qui a créé la midinette, si touchante, pour en faire une attraction parisienne ? Qui a rempli les plus paisibles maisons de province des publications illustrées où des pseudo-artistes sont montées et exaltées dans leur luxe tapageur, avec leurs robes, leurs chapeaux, leurs autos, leurs chevaux, leurs chiens même, comme des modèles de l'élégance et du goût français ?

« Quelle place a-t-on faite à la femme sérieuse, toute prise par l'éducation de ses enfants, les soins dont elle entoure son mari, le rafraîchissement continuel de sa petite maison accueillante et coquette ? Qui en a célébré les vertus ?

« Qui s'occupe de cette femme-là qui ne s'attache qu'à ses devoirs et trouve le complet bonheur à les remplir ? Qui cherche à développer ce sentiment du bonheur dans le devoir ?

« A qui la faute, je le répète, si, objet de luxe et de plaisir, la femme n'est plus, oublie d'être la créature de dévouement et de sacrifice qui n'a d'autre pensée que de répandre de la joie autour d'elle ? A qui la faute si elle est devenue la poupée égoïste et artificielle ? A qui la faute ? Aux hommes, Monsieur, aux hommes seuls, n'en doutez pas...

« ... Je ne puis dire inconsciemment. Votre inconscience a été de ne pas vous être aperçus de la grandeur du rôle et de la mission de la mère. Nos mères, la vôtre, Monsieur, acceptaient la maternité et ses devoirs avec simplicité, parce que c'était la loi divine, leur raison d'être, la condition même — et non point la rançon — du bonheur. Vous les hommes, dans vos romans et vos pièces de théâtre, vous représentez surtout des héroïnes prêtes à trahir leur mari, à devenir la maîtresse de celui-ci et de celui-là, à remplir leur entourage de l'éclat de leurs passions, mais qui jamais, jamais, ne s'affirment des mères. » (Maria Luisa Amici-Grossi, *Le Figaro*, 21 août 1916).

Ce sont les mêmes hommes qui ont créé la révoltée. « Cette révoltée, je la connais bien, écrivait Sarcey dans son feuilleton dramatique (*Quarante ans de théâtre*, tome VII, pp. 1-16), à propos d'Irène dans *Les Tenailles*. Elle nous a été apportée par Ibsen, qui l'avait prise aux romans de Madame Sand. Madame Sand, bien avant Ibsen et Paul Hervieu, avait revendiqué pour la créature humaine le droit d'aimer à sa guise, de mettre au-dessus des lois et des convenances les suggestions de son cœur : elle avait, la première, magnifiquement prêché la toute-puissance de l'instinct et de la passion et le mépris de toute règle. »

« Avez-vous remarqué, continue le même critique, que dans toute cette analyse, il y a un mot qui n'a jamais été prononcé : le simple mot de *devoir*. C'est que l'idée est absente de l'ouvrage. »

Ce sont les mêmes hommes enfin qui ont élevé l'irrégulière et la courtisane, en un mot, la femme de mauvaise vie, au niveau de la femme honnête et de la plus noble des mères.

On se rappelle *Marion Delorme* et *Angelo* de Victor Hugo ; *Les Maris de Léontine, Rosine, La Veine, Les Passagères, Les Deux écoles*, d'Alfred Capus ; *La Dame aux camélias, Le demi-monde, Denise, Diane de Lys* et *Le supplice d'une femme* d'Alexandre Dumas fils ; *La Parisienne* d'Henry Becque ; *Le Détour* et *Le Marché* de Bernstein.

« C'est l'amour, sous toutes ses faces, qui est l'élément du théâtre, écrit Alexandre Dumas fils, c'est l'émotion qui en est le but. C'est donc la Femme qui en est le principe. Sans elle, pas d'amour et pas d'émotion... Elle est la divinité du lieu, et, de sa loge ou de sa stalle, belle, fière, triomphante, calme, entourée, adulée, elle assiste à ces hécatombes humaines.

« Voulons-nous par hasard, peindre une coquine? Nous ne le pouvons faire qu'à la condition de la présenter aussi séduisante, aussi excusée que possible. C'est toujours la faute de l'Homme si elle est ainsi. C'est le mari qui est vieux, laid, bête, libertin, joueur, infidèle, ennuyeux, insupportable; c'est un homme qui l'a entraînée, séduite, abandonnée; enfin, c'est la Société, c'est le Code, ce sont les mœurs qui sont en faute, mais non pas elle. Et comme elle a des remords! et comme elle pleure! et comme elle aime! Après quelles luttes et avec quelle grâce elle tombe! Pauvre femme incomprise! pauvre ange déchu! comme ses ailes repoussent à la fin du drame! comme on lui pardonne! comme on la plaint!

« Voyez la Marguerite de Goethe! Est-elle restée assez sympathique et immaculée dans l'imagination des hommes, cette gaillarde qui s'éprend à première vue, qui se donne pour un collier, et qui tue son enfant! Où est la vierge, où est l'épouse, où est l'amante, où est la mère dans tout cela? N'importe, elle souffre, c'est assez ! Et c'est l'Homme qui est coupable ; et puis, elle se repent, à la fin, et c'est elle qui sauve Faust. Et que de choses il a fallu pour qu'elle connût toutes ces abominations : le renversement de toutes les lois physiques et (dernière incarnation des puissances surnaturelles évoquées par le moyen-âge) le Diable opérant lui-même. Qui de nous n'a pleuré sur Marguerite, et qui est-ce qui pense à son pauvre honnête homme de frère, qui se fait tuer pour l'honneur de son modeste foyer ? L'imbécile ! Est-ce que l'amour n'explique pas, n'excuse pas et n'emporte pas tout ? » (Alexandre Dumas fils, préface de *L'Ami des femmes*, *Théâtre complet*, tome IV, pp. 7 et 8, cité par *La Revue des lectures*, 15 septembre 1920, p. 549).

Telles sont les conceptions et les thèses que tant d'écrivains soutiennent dans les romans et les pièces de théâtre.

2.

Comme œuvre-type de la littérature ennemie de la famille, je signale d'abord les romans de Victor Margueritte. Je ne vise pas le dernier qu'il a publié et qui a provoqué le scandale que l'on sait, j'ai en vue les ouvrages que ce romancier en collaboration avec son frère, puis sous son seul nom, a publiés depuis l'apparition des *Femmes nouvelles* en 1899, jusqu'au *Soleil dans la geôle* en 1921.

Ces romans sont, pour la plupart, de véritables manifestes qui prêchent, comme dans un cours gradué, l'émancipation de la femme, la légitimité de l'adultère et l'élargissement du divorce. Ils prennent la femme nouvelle au début de son évolution sociale, ils lui placent entre les mains le balai des mégères de 93 et ils lui font vider « la geôle », c'est-à-dire le foyer [1].

1. Le romancier ennemi de la famille continue son œuvre, avec *Le Compagnon*. Comme il l'écrit lui-même dans *Comœdia* (25 août 1923), il poursuit, en l'élargissant, le sillon commencé en 1896 : « J'espère avoir fait ici, déclare-t-il, un pas en avant. Les femmes que jusqu'ici j'avais tenté d'animer, n'étaient que des bourgeoises en mal d'évolution. Annik Raimbert, sœur de Monique dans la libération physique, va plus loin qu'elle, dans l'émancipation de l'esprit... Elle va jusqu'au bout de ses croyances, elle accomplit intégralement l'étape. » En effet, elle n'admet point d'autre joug que l'amour, et refuse le mariage, pour l'exemple, pour prouver que l'union libre vaut l'union légalisée.

C'est cette doctrine abominable, essentiellement antifamiliale, anarchique, sauvage, que certains journaux, admis dans les familles et soutenus par les conservateurs, ont contribué à propager, en accordant au roman *Le Compagnon* l'appui de leur publicité. Tels sont notamment : *L'Eclair* (20 août, 21 août, 22 août, 23 août, 28 août, 30 août) ; *Excelsior* (19 août, 21 août, 23 août, 24 août, 28 août, 3 septembre, 4 septembre, 14 septembre ; *Le Figaro* (28 août, 31 août,

La femme nouvelle, telle qu'elle se présente dans le roman qui porte ce titre, n'est pas la détraquée qu'a rêvée ou faite le féminisme outrancier : elle n'est ni hommasse, ni bas bleu, ni surtout meurtrière comme une suffragette. Elle est réfléchie, sérieuse, femme de caractère : elle mêle à sa grâce une hardiesse et une vigueur assez rares chez les femmes. Elle est décidée — et elle le dit — à revendiquer tous ses droits, elle témoigne de son indépendance et de sa décision en refusant d'épouser les yeux fermés, le premier prétendant venu... Cette femme nouvelle s'appelle Hélène Dugast, et à première vue, elle paraît ne s'inspirer que des lois morales les plus authentiquement catholiques.

Elle a particulièrement en horreur les mariages d'argent : entre gens qui s'aiment vraiment, c'est-à-dire passionnément, professe-t-elle avec Victor Margueritte (*Le Figaro*, 29 mars 1913) il ne peut y avoir de question d'argent. Elle s'apparente même aux libératrices : elle prétend remédier à toutes les détresses, à tous les maux dont son sexe est la victime dans

4 septembre); *Le Journal des Débats* (20 août, 21 août, 22 août, 26 août, 30 août, 31 août); *La Liberté* (17 août, 24 août, 25 août, 26 août, 29 août, 21 août); *Le Temps* (20 août, 24 août, 25 août, 26 août, 30 août, 31 août, 2 septembre, 4 septembre 1923); etc.

notre société actuelle... Aucun catholique, aucun honnête homme ne condamnerait les femmes nouvelles, si elles bornaient là leur programme et leur action : car ce féminisme-là est de tradition chrétienne. Il sauvegarde, il exalte dans la femme sa dignité de personne et sa fonction de mère. Il est vieux comme l'Evangile.

Dans leur réalité intégrale, les femmes nouvelles dont Victor Margueritte est le maître éponyme, se présentent sous des traits qui les rendent moins sympathiques. Elles ne cherchent pas seulement à sortir de la condition malheureuse que leur créent certaines dispositions légales fâcheuses ou incomplètes ; elles s'évadent résolument des lois les plus sacrées, des disciplines morales les plus fondamentales.

Hélène Dugast est une personne réfléchie, nous l'avons vu tout à l'heure, mais aussi elle est une affranchie. Après un séjour en Angleterre, elle s'est déniaisée ; elle a rejeté tous les préjugés étroits, elle s'est débarrassée de toutes les pudeurs conventionnelles. Et l'on comprend, sans que j'y insiste, tout ce que cela veut dire.

Comme Marthe Dangé, l'une de ces jeunes filles auxquelles Victor Margueritte a consacré tout un livre, elle tient des propos de corps de garde, et se livre au libertinage avec une désinvolture et une inconscience de faunesse.

Marthe Dangé et Hélène Dugast sont des femmes nouvelles ; elles sont déjà assez écœurantes. Elles ne donnent pas cependant au titre dont on les pare toute sa signification.

Il ne suffit pas que la femme nouvelle s'affranchisse de la délicatesse morale et des lois de la pudeur. Il faut qu'elle secoue le joug de l'idée religieuse et la rigueur de l'indissolubilité matrimoniale.

La femme d'autrefois était chrétienne : Madame la comtesse Favié mère, devenue veuve, était restée digne. La raison en est qu'asservie aux idées religieuses et mondaines, elle était trop « vieux jeu » et ne comprenait pas ce que les écrivains modernes appellent la vie. Ce qu'est cette vie — car il y a « deux vies », c'est le titre d'un roman — une femme nouvelle, Madame Francine Le Hagre, va nous l'apprendre. Son mari, Fernand, est une brute, un menteur, un mauvais drôle, un avare. Francine engage une action en divorce. Elle plaide. M. Le Hagre, cependant, ne veut pas divorcer. C'est contraire à ses intérêts et à ce qu'il appelle ses principes, car il estime qu'on peut, au xxe siècle, « conserver une femme à soi, malgré elle, comme un marchand arabe s'attribue le droit de vie et de mort sur quelque négresse volée dans une razzia ».

Or, Francine perd son procès ; elle est déboutée et

condamnée aux dépens. Cela devait arriver, la loi est tellement insuffisante et mal faite ! Qu'à cela ne tienne ! On lui refuse le bonheur légal : elle prendra le bonheur extra-légal. « Lois, juges, coutumes, quel nouveau 93 balaiera tout cela? » En attendant, Francine les balaie pour son compte. Elle a aimé un explorateur, nommé Eparvié. Eparvié est revenu. Francine ne peut pas être sa femme devant la loi « idiote » ; elle sera sa compagne devant sa conscience... Car la femme nouvelle résume tout son programme dans ces formules cyniques : le droit au bonheur, par le divorce élargi et par l'union libre.

Ce programme, M. Victor Margueritte ne l'a pas seulement placé sur les lèvres de ses héroïnes. Il ne s'est pas contenté de l'exposer dans ses livres et ses pièces de théâtre. Pendant vingt ans, il s'appliqua à la faire passer dans la législation et dans les mœurs. En 1902, il adresse à la Chambre des députés, une pétition en faveur de l'extension du divorce. En 1903, il dépose au groupe parlementaire de la libre-pensée une nouvelle brochure qui défend le même projet.

On sait en quoi consiste la thèse. L'auteur a eu soin de la préciser lui-même dans un article de la *Revue des revues*. Après s'être élevé éloquemment contre tout ce que l'application de la loi du divorce actuel renferme d'odieux et de malpropre, il indique le remède ; introduire dans la loi le divorce par consentement mutuel, et y ajouter le divorce par la volonté d'un seul, en d'autres termes, donner une sanction légale au mariage temporaire et à la répudiation païenne. « Il appartient, conclut-il, au jeune parti socialiste de reprendre le pur, le généreux esprit de la Révolution, et de donner à notre divorce incomplet, boiteux, bâtard, un affranchissement. » (*Revue des revues*, 1er février 1900).

Il serait superflu de flétrir. Il suffit de résumer. On comprend assez ce qu'est la femme nouvelle, d'après M. Victor Margueritte. La femme nouvelle a des aspirations généreuses, mais qui déguisent mal des idées révolutionnaires et anarchiques. Elle réunit, comme dans un saisissant microcosme, tous les ferments de décadence et de destruction qui travaillent notre monde moderne : dans le théâtre de Bataille et de Bernstein, elle clame son droit au bonheur ; dans le monde des lettres, elle s'incarne en un groupe de femmes tristement renommées et fait effrontément, en vers comme en prose, l'apologie de la luxure ; dans les livres de Victor Margueritte, elle a partie liée avec les « éclaireuses » de la libre-pensée, les parangons du divorce, du grand divorce, et les pires ennemis de la famille.

*
**

La littérature dramatique ennemie de la famille, je la trouve représentée, ramassée, symbolisée dans *Le Théâtre d'amour* de M. Georges de Porto-Riche, élu membre de l'Académie française, le 24 mai 1923.

Toutes les pièces qui le composent, et *La Chance de Françoise* et *Le Passé*, et *Le Vieil Homme*, et *Le Marchand d'estampes*, et *Les Malfilâtre*, et *L'Infidèle*, et *Zuriki*, et enfin *Amoureuse*, sapent l'un ou l'autre élément de l'édifice familial : elles ravalent l'amour au rang des instincts physiologiques, la femme au rang d'une biche, d'une louve, ou d'une pieuvre de la sensualité, le mariage à l'animalité, la vie tout entière au plaisir bestial.

Or, tout le théâtre français, depuis plus d'un quart de siècle, s'inspire de la manière de Porto-Riche. Personne ne le conteste. C'est un fait d'une évidence criante.

« M. de Porto-Riche est un précurseur, déclare M. Adolphe Brisson dans son ouvrage *Le Théâtre* (3e série, p. 338). Les innombrables pièces où l'énergie individuelle se trouve exaltée et qui ont pour fondement le « droit au bonheur » sont les filles d'*Amoureuse*. En écrivant cette comédie, il a créé une école. »

M. Henry Bordeaux, dans *La Vie au théâtre* (1re série, 1907-1909, pp. 212-213), dit de même : « La nouveauté d'*Amoureuse*, c'est ce jaillissement de volupté qui a débordé dans tout l'art contemporain et que, la première ou presque, elle osait mettre à la scène avec impudeur. Elle y ajoutait une nervosité, une trépidation parfaitement convenable à des êtres que leurs instincts trouvent sans résistance... Dans *Amoureuse*, c'est exclusivement la peinture de l'amour physique. Nous le pouvons constater : il n'y a plus de lyrisme que pour lui. Il s'étale partout avec allégresse. »

Plus récemment, dans *Le Figaro* du 28 mai 1923, M. Robert de Flers déclarait : « Quel est l'écrivain de théâtre parmi ceux-là même qui n'auraient pas osé s'inspirer volontairement de cette pièce fameuse (*Amoureuse*), qui ne lui doive quelque chose ? Son influence fut prodigieuse et depuis trente-deux ans, elle ne s'est point périmée. »

Puis donc que le théâtre contemporain a pris sa formule dans Porto-Riche, et que parmi le *Théâtre d'amour* de Porto-Riche, *Amoureuse* se donne comme l'œuvre la plus signifiante, nous connaîtrons le mal que le théâtre a fait à la famille si nous étudions la malfaisance de cette pièce.

Appelé un jour à la juger, un critique peu suspect de pudibonderie, M. Ernest-Charles, se trouvait embarrassé : « Je me demande, écrivait-il dans *L'Opinion* (18 octobre 1913), si les journalistes ont des dispositions particulières à être pervertis ou à se scandaliser... Mais il ne s'agit pas ici de se scandaliser. Il est plus important de constater. On pourra se scandaliser plus tard. »

Et il constatait que « Porto-Riche ayant voulu, vers l'année 1890, peindre la femme amoureuse de la société moderne, il l'a représentée comme une sensuelle effrénée qui sera toujours sensuelle sans cesser un instant d'être effrénée. »

Cette remarque et cette constatation d'un critique peu « bégueule » m'ont mis en défiance.

Enclin peut-être, comme journaliste, à me scandaliser, je n'ai pas voulu lire la pièce, et j'ai simplement consulté les critiques mondains qui, en raison de leurs fonctions, de leur état d'esprit et de leur complaisance habituelle à l'égard des dramatistes, ne sauraient être suspectés de rigorisme et d'étroitesse d'esprit. Et voici ce que j'ai trouvé.

J'ai retrouvé l'appréciation de M. Gustave Téry, parlant d'*Amoureuse* dans *L'Œuvre* du 16 octobre 1913 : « Non, vrai de vrai, en son fond, en sa substance, tout cela est sale et vil. On aura beau mettre autour de ces cœurs faisandés tous les chichis de la psychologie, tous les mots, tout l'esprit que l'on voudra (et c'est en effet de l'esprit voulu, qui a encore sa marque, comme les articles d'exportation), nous ne pourrons jamais devant ce prétendu « chef-d'œuvre classique », nous retenir de crier : « Ça sent le bouc ! Ça pue le juif. »

J'ai trouvé Jules Lemaître qui, dans ses *Impressions de théâtre* (6e série, p. 315), formule, à propos d'*Amoureuse* dont il admire la puissance dramatique, ce verdict : « M. Georges de Porto-Riche est d'un siècle qui s'est piqué d'introduire la débauche dans le mariage, et qui a jugé que cela était salutaire, et que cela devenait même respectable.. »

Dans *L'Action française* du 19 octobre 1913, j'ai trouvé ceci : « Qu'*Amoureuse* ait exercé une profonde influence sur le théâtre contemporain, comme on l'a rappelé à outrance tous ces jours-ci, c'est vrai sans doute dans une certaine mesure. Il y a un théâtre où les personnages se trouvent vils, où ils se complaisent à étaler et à remuer la boue de leur cœur et à se répéter à eux-mêmes sur tous les tons : « Sommes-nous ignobles ! Le sommes-nous assez ! » Ah ! ce théâtre-là, il ne peut pas méconnaître ses origines. Oui, il procède d'*Amoureuse* ».

Et dans *L'Echo de Paris* du 11 octobre 1913, ces lignes de M. André Beaunier : « On a dit qu'*Amoureuse* était le type de la pièce rosse ; c'est la pièce mufle qu'il faut dire, aujourd'hui que ce mot, si commode d'ailleurs, a reçu l'estampille officielle. Je ne sais rien de plus désolant, de plus vulgaire et de plus répugnant que les trois caractères mis en scène et pour lesquels on sent bien que l'écrivain dramatique laisse percer un peu de complaisance. Faut-il le répéter encore (même en s'exposant à ce que cette répétition paraisse bouffonne) : quel monde et quel drôle de monde !...

« On a envie de secouer son mouchoir et de dire : Pouah ! comme madame de Morancé, à la fin de la *Visite de noces* ».

Même le *Gil Blas* se montrait ému. M. Edmond Sée y écrivait, le 11 octobre 1913 : « Je ne veux pas analyser à nouveau une œuvre classique ni commenter ces personnages. Les *premiers* au théâtre, ils osèrent tout dire du cœur et du corps humain ! Et ils eurent l'heureuse fortune de figurer dans un drame non seulement sentimental, mais social encore, puisque l'auteur fait ici non seulement le procès déchirant de l'amour, mais de l'amour dans le mariage ».

Et « Un monsieur de l'orchestre » dans le *Figaro* (12 octobre 1913) disait qu'*Amoureuse* « est en même temps une des plus émouvantes apologies de l'amour des femmes qui aient été écrites, et une des plaidoiries les plus éloquentes qui aient été prononcées en faveur de leurs trahisons. »

« Il n'y a pas une ligne, pas une note, ajoutait Antoine Redier dans le *Bulletin des catholiques écrivains* (20 février 1919), qui y soit à l'honneur du cœur humain : c'est du théâtre dégradant. Aussi n'est-ce point de l'art, mais du bas métier. »[1]

3.

Or, le peuple, comme disait Bonald, « se gouverne

1. Depuis que ces lignes ont été écrites, Mme Henriette Charasson a publié, dans *Les Lettres* du 1er août 1923, une étude fouillée et d'une singulière force d'argumentation sur le fameux dramatiste.

« La femme que nous présente M. de Porto-Riche, dit-elle, c'est la femme orientale, l'échappée du harem, sans dignité, sans retenue, sans discipline morale, asservie aux sens et qui ne songe jamais qu'à s'attaquer à la partie basse de l'amour mâle... L'homme, l'amoureux de M. de Porto-Riche, est un être abject, sans volonté, sans dignité, dont la bonté même est avilissante, dont le désir aboutit toujours à une satiété compliquée de cruauté. »

Ce théâtre, ajoute la distinguée critique, a mis en faveur certaines mœurs inquiétantes. Par exemple, « les jeunes gens ont adopté avec les femmes une attitude qui avilit celles-ci... On présente au grand jour dans les livres, on discute à voix haute dans les salons, des mœurs contre nature, offensantes pour la femme, auxquelles on eût osé à peine faire allusion naguère. Les femmes ne s'en révoltent pas... »

Mais tout l'article doit être lu et médité, par ceux qui ne veulent pas délibérément ignorer la cause des fléaux qui ravagent la famille française.

par des exemples plutôt que par des lois, et par des influences plutôt que par des sanctions ». On le sait, l'idée n'est jamais inféconde. Quand elle est semée par le monde, elle germe et porte des fruits. Dans le cas qui nous occupe, ce sont des fruits amers, des fruits de mort. Quelques détails vont suffire à le démontrer.

C'est un fait hors de conteste que de nos jours plus que jamais, les idées et les œuvres, jadis confinées dans quelques groupes étroits et choisis, se répandent dans des milieux les plus étrangers à la vie intellectuelle, les moins prévenus, les plus perméables aux influences extérieures. Le Bonhomme Chrysale l'expliquait, l'autre jour, dans les *Annales*.

« J'accorde, écrivait-il, qu'il y ait dans certaines œuvres du XVIIe et du XVIIIe siècles autant de libertinage que dans les productions modernes du même ordre. Le danger d'un écrit ou d'un spectacle ne se mesure pas à ce qu'il contient, mais à sa puissance d'expansion, à l'état du milieu où il rayonne. Autrefois le livre polisson, tiré à quelques exemplaires, se distribuait sous le manteau. C'était une manière de luxe assez coûteuse et malaisée à atteindre. Maintenant l'ordure s'est démocratisée ; elle se fabrique à bon marché dans les usines, comme la bougie et le chocolat ; on en achète pour vingt sous, pour dix sous, pour cinq sous. Partout elle s'offre au passant, l'émoustille, le raccroche ».

... « En somme, note à ce propos M. André Lichtenberger, les mœurs et la religion protégaient la société contre l'ordure. Nous avons supprimé les freins et barreaux, lâché la bonde au torrent immonde. Jadis les jeunes filles et les enfants, enfermés dans la cellule familiale, étaient à l'abri de ces flots. Ils y sont aujourd'hui livrés. Nous tendons à leur accorder la liberté anglo-saxonne, mais sans la compenser par les précautions de la loi anglo-saxonne, car celle-ci prétendant accorder à l'individu un maximum de liberté, se sent d'autant plus tenue à la défendre contre un certain nombre de contagions et de souillures. Dans l'ordre de l'hygiène publique, elle est impitoyable. Chez les Américains, comme chez les Anglais ont été édictées vis à vis de l'alcoolisme, du taudis, des maladies contagieuses, les mesures les plus draconiennes. Et de même l'enfant, la jeune fille, la moralité publique y sont protégés par une sévère législation. Hypocrisie puritaine? Oh! que non pas. Connaissance concrète de l'humanité. Plus les mœurs comportent de liberté, plus il est nécessaire que la loi garantisse contre ces abus.

« C'est ce que nous affectons de méconnaître pour notre plus grand dam.

« Nos pères pouvaient être aussi grossiers que nous-mêmes. Cela était pour eux sans conséquence. Cela en a pour nous d'incalculables. Tel microbe qui languit dans un terrain réfractaire pullule si le terrain est favorable et bientôt envahit le terrain tout entier ».

« Laisser aujourd'hui pulluler l'ordure est une erreur grave et un réel danger autant pour notre littérature et notre art que pour notre société elle-même et pour notre bon renom ». (André LICHTENBERGER, *La Victoire*, 24 février 1923).

Aussi, sous l'influence des miasmes délétères que dégagent les livres autour d'eux et spécialement dans les âmes qui s'exposent à leur contact, les doctrines de cette littérature perverse ont pénétré dans les mœurs : l'amour souverain qui règne dans les livres et dans les spectacles a étendu ses ravages jusqu'au sein de la famille et dans toutes les classes de la société.

« Ces livres sont malsains, écrit à ce propos M. Fernand Laudet, ils empoisonnent comme un champignon vénéneux. On sait combien de vies ont été décidées par la lecture d'une mauvaise page.

« Je relisais précisément, ces jours derniers, un livre de Pierre de Coulevain. « La littérature, disait l'auteur, peut vivifier, elle peut tuer aussi ». Et il citait l'exemple d'un jeune homme qui était mort d'une page, d'une phrase, qui lui était montée au cerveau comme le plus capiteux des vins et avait décidé de son sort. Et Pierre de Coulevain, en achevant le récit de cette triste histoire, dit : « L'auteur, qui a été l'agent inconscient de toute cette douleur, est un homme excellent, un esprit brillant mais vulgaire. Il a peut-être écrit la phrase homicide, la cigarette aux lèvres et les épaules secouées par un petit rire de satisfaction, trouvant que c'était très fort ».

« Oui « très fort » ; l'auteur le laisse modestement entendre, le critique adulateur le déclare et le lecteur du Café du commerce le répète. De la ville, le livre se répand jusque dans la campagne, et l'on rencontre dans la lande la gardeuse de brebis qui a glissé sous son capulet le mauvais roman, passé de mains en mains, et qu'elle a encore la pudeur de vouloir cacher.

« Mais, qui plus est, ces mauvais bergers de la littérature ne se contentent pas de mal faire la garde des esprits, ils revendiquent presque un rôle moral, car, s'ils s'appliquent à la pornographie, ils ne veulent pas être traités de pornographes. Leurs héroïnes sont représentées comme de grandes âmes qui ont récusé la société pour vivre selon leur conscience. Elles sont restées profondément droites, malgré les fatalités ; or, ces fatalités ce sont tous les vices, et elles n'en manquent pas un ; et, quand sonne pour elles l'heure de la déchéance, ce sont des martyres ! « Nous sommes tous le jouet d'énergies qui nous dépassent ». (Fernand LAUDET, *La Libre Parole*, 25 octobre 1922).

Le mari et la femme ne veulent plus d'enfants. Je n'ignore pas que la stérilité volontaire est déterminée par de multiples causes ; mais je ne crains pas d'affirmer que parmi ces causes, les causes psychologiques et morales tiennent le premier rang, et que parmi les causes psychologiques et morales, il faut ranger l'appétit effréné et raisonné du plaisir, l'influence des théories pernicieuses répandues par la littérature antifamiliale.

« Quand on cherche en tout et pour tout à se satisfaire, écrit M. Paul Gaultier (*Les Maladies sociales*, pp. 154 et 155), on ne tarde pas en effet, de déchéance en déchéance, à quêter les plaisirs bas et à détourner, notamment, l'instinct sexuel de son but pour lui demander uniquement la volupté. Or, « les causes qui tendent à surexciter ou à dévouer l'instinct, sexuel, note M. Gide, agissent comme un facteur puissant de la dépopulation ». Non seulement l'immoralité retarde le mariage ou en détourne, non seulement elle stérilise la puissance génératrice par les maladies vénériennes qu'elle occasionne, elle supprime encore l'enfant. C'est pourquoi la pornographie et la prostitution sont de grands malheurs. Elles tarissent les sources vives de la race, la recherche exclusive du plaisir souillant jusqu'à l'alcôve conjugale ».

Un écrivain boulevardier fait à ce propos une remarque un peu subtile, mais pleine de sens et bonne à méditer :

« Il est une raison que les prédicateurs de la repopulation n'ont pas mise en lumière, la raison psychologique la plus forte, celle qui résulte de l'importance excessive accordée à l'amour et proclamée par les arts. Chez les peuples prolifiques, l'amour nait au moment des fiançailles et meurt au moment du mariage : chez les gréco-latins, il nait au seuil du mariage et se prolonge au-delà de la seconde jeunesse. Or, si Schopenhauer ne s'est pas trompé,

« le désir, c'est l'enfant ! » et l'enfant, en venant au monde, tue le désir, son auteur. Voilà pourquoi votre fille est muette, beaux-parents candides ! Voilà l'aboutissement d'une éducation trop raffinée, trop romanesque ! » (Pierre Veber, *La Liberté*, 17 mars 1922).

D'autre part, un journaliste écrit sur le même sujet : « Avec la vie chère l'une des causes de la dépopulation, c'est justement le progrès de la pornographie... Des générations habituées par leurs lectures à ne voir les relations sexuelles que par les yeux de Suzanne, de la « garçonne » ou de l' « entremetteuse » sont vouées à la stérilité. Comptez les romans pornographiques, dont la diffusion est favorisée par l'indifférence ou la lâcheté des pouvoirs publics : plus leur tirage monte, plus la natalité baisse ; le voilà, le vrai synchronisme ». (Gustave Téry, *L'Œuvre*, 4 mars 1923).

Enfin, lisez cette énergique déclaration de M. de Lamarzelle au Sénat :

« La grande cause du mal est une cause purement morale. Qu'est-ce qui a fait le mal ? Ce sont toutes ces théories que nous entendons répéter partout, soutenir partout. Dans le livre, au théâtre, on nous parle du droit de faire sa vie, du droit du plaisir, du droit de la passion, du droit de la chair. Tous ces « droits » sont les ennemis des familles nombreuses, parce que, pour avoir une famille nombreuse, pour résister à cette vie facile qui nous menace de tous côtés et toujours, il faut avoir la force morale. Il faut surtout, et avant tout, l'esprit de sacrifice » (M. de LAMARZELLE, séance du 20 juin 1923. *Journal officiel*, du 21 juin 1923, p. 1013).

*
**

Par ailleurs, l'homme et la femme, quand ils sont imbus de ces funestes doctrines, pratiquent l'adultère ou l'union libre : qu'ils aient fondé un foyer ou qu'ils aient résolu de n'en créer point, ils s'en vont chercher, loin des leurs, des voluptés momentanées et successives.

Dans un article publié par *Le Figaro* (17 novembre 1920), M. Gaston Rageot dénonçait en ces termes les progrès effroyables qu'a réalisé ce genre de désordre :

« Environ un quart de siècle, Maurice Donnay, entreprenant de peindre les fragiles liaisons de ce temps-là, intitulait sa pièce : *Amants*. Cela signifiait encore un amour en partie double, un homme et une femme, deux destinées. Maintenant Sacha Guitry, peintre non moins fidèle, inscrit tout bonnement sur l'affiche : *Je t'aime*.

« Je n'oublie point que, plusieurs siècles avant les représentations du théâtre Edouard VII, La Rochefoucauld affirmait que « tout le plaisir de l'amour est d'aimer » et que Gœthe s'écriait brutalement : « Si je t'aime, est-ce que cela te regarde?... » Plus plaisamment encore, un personnage de Porto-Riche avait fait cette remarque : « J'aime le poulet, je n'ai pas besoin que le poulet m'aime! »

« Seulement, c'était de l'esprit ou du pessimisme. Aujourd'hui c'est l'amour même... Notre passion d'aujourd'hui est plus orgueilleuse: elle se flatte d'être éphémère et pose à l'être. Elle se présente avec la fougue des choses qui vont mourir et l'impétuosité des gens qui se pressent. Elle n'est pas romantique, mais positive; elle n'est pas sentimentale, mais sensuelle; pas exaltée, mais frénétique... Elle ne tient compte ni des circonstances, ni des êtres, et se soucie tellement peu d'aucun devoir qu'il peut lui arriver de les respecter tous. Elle s'accommode aussi bien du mariage que de l'aventure, puisque le mariage n'est plus qu'une aventure et souvent la plus facile à dénouer. Marions-nous ou ne nous marions pas, peu importe. « Je t'aime! » — Pour combien de temps?... — Comment veux-tu que je sache?... L'instant est, d'après les philosophes, ce qui ressemble le plus à l'éternité... Soyons éternels ce soir!

« Tel est le dernier cri du cœur ». (Gaston Rageot, *Le Figaro*, 17 novembre 1920).

Toute la famille est atteinte. « *Quinze ans, Roméo, l'âge de Juliette !* » Les adolescents eux-mêmes subissent l'action des idées qui empoisonnent leur ambiance : obsédés, démoralisés par tout ce qu'ils voient, ce qu'ils entendent, ce qu'ils lisent, ils se livrent trop souvent à des intempérances prématurées qui inquiètent autant les médecins que les sociologues.

Les jeunes gens sont, pour la littérature ennemie de la famille, des proies de choix.

Le R. P. de Pully, qui est certes qualifié pour traiter ce sujet, puisqu'il a longtemps dirigé à Paris un cercle très fréquenté, communiquait à la revue *Lumen*, au début de 1921, ces sagaces observations :

« Bien des parents, hélas ! sont étrangement confiants. Ils laissent parfois sous leurs yeux, leurs fils ou leurs filles se pervertir l'esprit ou le cœur, sans paraître y prendre garde.

« Ce roman que le jeune homme dévore en secret, et qui traîne sur sa table, paraît inoffensif parce qu'il n'est pas obscène. Quelle erreur fatale ! Ce roman éveille et intensifie, dans une sensibilité de vingt ans, des rêves, des désirs, des émotions, qui, peu à peu captivent l'âme, l'absorbent, créent en elle une exaltation qui cherchera vite à se satisfaire.

« L'amour semble désormais à ce jeune homme la grande affaire, la seule affaire. Tout le reste finit par s'estomper pour lui. Il subit encore le cadre extérieur de son existence mais il s'en fatigue, il s'en lasse. La famille n'a plus pour lui d'attraits. Le travail en a moins encore. La piété le rebute. C'est un somnambule. Il parle, il va, il vient; les apparences ne le trahissent pas encore au regard aveuglé des siens, mais il porte en lui un rêve, un rêve puissant, vers lequel convergent toutes ses pensées, tous ses projets, tous ses élans.

« La catastrophe se produira tôt ou tard. Car une sensibilité aussi exaltée ne peut longtemps demeurer muette. Et quand elle se produira, il sera souvent trop tard pour qu'on puisse espérer une guérison. Le mal sera trop profond parce que l'esprit aura été faussé. A lire les romanciers, ses maîtres, le jeune homme en est arrivé à penser que l'amour est quelque chose de sacré, de suprême, que rien ne règle ni n'explique, et que bien fou est celui qui sacrifie l'amour — quel qu'il soit, du reste — à des considérations d'un autre ordre.

« C'est que le roman sentimental, même s'il ne formule pas expressément cette thèse, la suppose, la met en action, la drape de toutes les séductions imaginatives. L'erreur, hélas! conduit fatalement à l'erreur ».

Ces jeunes gens se refusent au mariage, non pour être plus chastes, mais pour être plus libres. C'est que malheureusement ils ont lu des livres écrits par des professeurs de débauche. Mais ils ne connaissent point cette leçon de Dumas fils : « Tu entendras dire autour de toi qu'un homme civilisé doit avoir connu des femmes avant son mariage... pour ne pas arriver maladroit, ridicule et désarmé devant celle qu'il épousera. Ce que tu entendras dire là n'est pas vrai. Ce n'est pas par la possession physique qu'on apprend à connaître les femmes. Plus les femmes en dehors du mariage livrent les secrets de leur corps, plus elles gardent ceux de leur âme. Les femmes que tu connaîtras ainsi seraient de malhonnêtes femmes qui te détourneraient de ta route, ou d'honnêtes femmes que tu détournerais de la leur. Elles ne t'apprendraient donc les premières qu'à mépriser les femmes, les autres qu'à te mépriser toi-même ». (Alexandre Dumas fils, *L'Homme-femme*, pp. 169-190).

Le dramaturge ne nous révèle pas cependant le fond de l'abjection. Laissons à un médecin le soin de le dénoncer.

Dans une lettre adressée à M. de Pierrefeu, rédacteur au *Journal des Débats* (28 septembre 1922), le Docteur Roques, ancien président de l'Académie des Sciences, belles-lettres et arts de Tarn-et-Garonne, s'exprimait ainsi : « Je suis tout simplement un père de famille, et, de plus, un médecin que son expérience professionnelle a depuis longtemps averti des meurtriers effets de la littérature immorale : car enfin, c'est bien sur le terrain de la médecine qu'elle nous force à la rencontrer, dans les conséquences très directes des excitations dont elle est seule responsable : et quelles tristes choses n'avons-nous pas tous les jours à constater !...

« Pardonnez, Monsieur, à un médecin que les ambulances de 1914-15 ont jeté sur une voie opposée à celle que vous indiquiez dans votre « Controverse » du 23 août. Dans ces tristesses et ces horreurs, il a retrouvé, lui aussi, la beauté de l'homme, mais seulement dans l'immatérielle splendeur de quelques âmes... Et si quelque chose peut être pire pour lui que l'épreuve subie alors, c'est, maintenant, de voir, avec tous ses confrères, les paysans qui nous restent pour « refaire la race » (?) atteints déjà, hélas ! par toutes les conséquences de la débauche ; c'est de voir les esprits pervertis et les cœurs souillés par la littérature la plus malsaine ».

*
**

Quant à la jeune fille, elle répugne peut-être moins au mariage ; une enquête récente semble l'avoir démontré.

Mais, en raison de l'ambiance contaminée par les sophismes que nous avons signalés, elle ne sait pas, elle se méprend sur le caractère du mariage :

« La femme qui lit des romans ou qui fréquente les théâtres ne sait pas si l'homme qui approche est celui qui lui faut, car elle n'a pas d'idéal organique, mais seulement des réminiscences de héros, de romans et de drames. Elle confond ses caprices avec les véritables besoins de son organisme, et commet à la légère les funestes méprises qui rendent une femme malheureuse pour la vie ». (Max Nordau, *Paradoxes psychologiques*, cité par la *Revue encyclopédique*, 1896, p. 20).

Parfois même — ce qui est le plus grave — la femme se trouve tellement déséquilibrée ou pervertie qu'elle est devenue incapable d'en remplir les devoirs et d'en supporter les charges :

« Qui ignore l'influence énervante des lectures érotiques, des spectacles et de certaines réunions mondaines, qui surexcitent prématurément les sens, passionnent l'imagination et jettent les jeunes personnes dans toutes les aberrations des rêveries romanesques, quand elles ne les précipitent pas dans l'hystéricisme ». (DECHAMBRE et LEREBOULLET, *Dictionnaire encyclopédique des sciences médicales*, au mot *Maladies nerveuses*, cité par *La Revue des lectures*, 15 avril 1920, p. 244).

D'autres fois — et malheureusement le cas n'est pas rare — elles en seront indignes... Une réflexion empruntée à un critique va préciser ma pensée :

« Venant après *Les Don Juanes*, de M. Marcel Prévost, *La Garçonne*, de M. Victor Margueritte achèvera de donner corps à un type féminin qui, sans ces deux livres, eut probablement tardé à se former. Beaucoup de jeunes femmes et de jeunes filles vont s'enhardir dans la voie du donjuanisme, où nos romanciers psychologues les assurent qu'elles trouveront des devancières et des émules dont l'exemple leur sera à la fois un excitant et une excuse. Je ne suis pas certain du tout qu'il y avait tant de « don juanes » et de « garçonnes », quand MM. Prévost et Margueritte en étaient encore à prendre des notes sur elles ; je ne puis douter qu'elles se multiplient désormais. Que de personnages de Balzac n'ont été vrais que par le même phénomène d'anticipation ! » (André BILLY, *L'Œuvre*, 23 août 1922).

*
**

Et pour aggraver tant de défaillances, la femme de mauvaise vie offre aux uns ses séductions, aux autres les entrainements de ses scandales, à tous les hontes de sa gloire usurpée. Aux yeux de tout un public imprégné de la littérature ambiante, la reine qui gouverne le monde, ce n'est plus la femme qui, selon le mot de Ruskin, balance un berceau dans une paisible demeure, c'est celle qui partage sa vie entre les tréteaux, le trottoir ou la fange du ruisseau.

« On ne saurait soupçonner, écrivait Frédéric Le Play dans son ouvrage *La Réforme sociale*, les désordres sociaux provoqués à Paris par quelques milliers de femmes qui se tiennent en rébellion ouverte contre les devoirs de leur sexe ».

M. Henri Joly, membre de l'Institut, ajoutait : « Vous voulez abaisser de plus en plus la barrière qui sépare les honnêtes femmes et celles qui ne le sont pas, vous voulez encourager ces dernières à porter le front aussi haut que si elles avaient pris la grippe dans un autobus ou que leur hôtelier leur ait donné, sans précaution, les draps d'un tuberculeux. Prenez garde que toutes vos prévenances, vos marques d'intérêt, vos témoignages de discrétion, ne multiplient encore davantage le nombre des cas dangereux par la fausse sécurité que vous vous ingéniez à inspirer. Prenez garde surtout que vous ne précipitiez la décadence familiale par l'indifférence que vous propagez à l'endroit de ce qu'on appelle la liberté de disposer de soi-même ». (Henri JOLY, de l'Institut, *La Libre Parole*, 5 avril 1920).

II

Les Quotidiens

Un mot sur les suppléments de *L'Illustration*. — La plupart des quotidiens : 1° glorifient et recommandent les romans et les pièces de théâtre nuisibles à la famille ; 2° mettent leur puissance énorme au service de la propagande des faits-divers criminels et passionnels, dont la lecture va à ruiner les vertus familiales.

Les quotidiens et les revues ont aussi, dans cette campagne antifamiliale, un rôle qu'il est impossible de négliger.

Je ne signalerai qu'en passant, la part importante qu'y prend une revue de famille fort répandue et dont les illustrations sont très légitimement appréciées dans toutes les parties du monde.

Cette revue de famille ne craint pas de joindre comme supplément à certains de ses numéros, des pièces de théâtre et parfois des romans qui préconisent l'amour libre et la débauche, au mépris des droits de la famille et du respect des âmes.

Cette propagande malencontreuse et néfaste a, nous le savons, soulevé à diverses reprises, la réprobation du public honnête ; elle se soutient cependant, et nous devons, une fois de plus, exprimer ici bien haut, notre surprise et nos regrets, sinon notre indignation.

Le cas des quotidiens de Paris et de province vaut que nous le signalions avec un peu plus d'insistance.

Premièrement, les journaux, sauf d'honorables exceptions, ont accoutumé de prôner et de pousser, parfois au détriment de la littérature honnête, les romans et les œuvres dramatiques qui combattent la famille.

Tous les jours, ils consacrent une ou plusieurs colonnes aux spectacles les plus dépravants, aux exhibitions scandaleuses qui se produisent dans les lieux les plus interlopes, aux spectacles dits de curiosité et qui en réalité ne sont rien de moins que des excitations à la débauche.

Une ou plusieurs fois par semaine, ils appellent

l'attention de leurs lecteurs sur les livres nouveaux; avec insistance, ils les louangent, ils les recommandent; ils les comblent d'hyperboles. Et ces livres, le plus souvent, roulent sur des sujets que la morale condamne et constituent pour les familles un péril ou une tentation, même et notamment pour la jeunesse une cause de démoralisation.

L'assaut que livre ainsi la presse à l'intégrité morale et à la sécurité de la famille revêt une gravité particulièrement inquiétante. Conduit avec art, avec persévérance, avec toute la fertilité d'expédients dont disposent aujourd'hui les meneurs de l'opinion, continu, méthodique, universel, masqué sous les apparences de l'impartialité critique, de l'information nue, ou du témoignage le plus sincère, il force tout un public à capituler et à se livrer sans défense aux entreprises des corrupteurs de l'esprit familial.

En second lieu, la presse dont je parle met sa puissance multiplicatrice au service des faits-divers criminels ou passionnels.

Un assassinat vulgaire, un cambriolage compliqué, un crime atroce, effroyable, crapuleux, ont-ils été commis dans un mauvais lieu de la capitale ou dans un village obscur? Une actrice, une irrégulière, une femme de mauvaise vie a-t-elle été mêlée à un vol mystérieux, à une aventure équivoque, à un de ces mille incidents qui traversent même les existences unies? Il faut que ces événements soient colportés par la voix de la presse dans les foyers les plus paisibles, les plus honnêtes, les plus éloignés par leur genre de vie de cette qualité d'informations. Des reporters frénétiques se ruent vers le lieu du forfait ou de l'incident; ils fouillent la vie privée, les mœurs, les secrets des victimes, ils établissent leur hérédité, montrent leurs tares, étalent leurs souffrances intimes, commentent, amplifient, dramatisent. Puis, ils campent la silhouette du coupable dans une attitude de défi, ils en font un personnage de tragédie moderne, un héros du mal, auquel son méfait même sert d'auréole.

Et quand cette besogne est achevée, le journal s'envole à travers les villes et les villages. Là, il ne tombe pas seulement aux mains des bandits et des poissons, il franchit le seuil de nos maisons, il envahit les salons du riche et le modeste appartement de l'ouvrier; il est lu par le père, par la mère, par les jeunes gens, par les jeunes filles et par les enfants. C'est l'exemple criminel à domicile, c'est le scandale quotidien à la portée de tous. La littérature ennemie de la famille, la voilà.

III

Les illustrés pornographiques

Par leur diffusion considérable, par la faveur qu'elles rencontrent, ces publications honteuses font un mal dont il est impossible de juger la gravité.

Quels que soient les méfaits des quotidiens, il existe cependant des journaux qui dépassent de beaucoup, leur impudence et leurs ravages. Ce sont les journaux spécialisés dans la pornographie.

Ces journaux, luxueux ou non, illustrés ou non, font de la propagande pornographique leur objet exclusif et leur but unique ; ils font métier et marchandise de l'immoralité ; ils n'ont, en toute vérité, qu'une raison d'être : gagner de l'argent en vendant de l'ordure, en exploitant le vice, en prêchant la luxure, en favorisant la débauche, en dépravant les âmes des jeunes gens et des jeunes filles, en corrompant la race, en dissolvant les mœurs publiques, en ruinant le bon renom de la France à l'étranger.

Ces journaux — ils sont plus de vingt, à ce que m'a appris un critique éprouvé — ces journaux sont mis en vente dans toutes les bibliothèques de gares, dans les kiosques, dans certains bureaux de tabac et dans la plupart des dépôts de presse. Ils s'y étalent en piles, et tirent l'œil des passants, des jeunes gens et même des enfants, par leurs dehors aguichants et leurs illustrations hautes en couleur.

Ils sont achetés et beaucoup achetés; ils sont lus et beaucoup lus ; ils sont infiniment plus répandus qu'on ne le suppose, même dans les meilleures familles. Parmi tous les fléaux qui ravagent notre société, il en existe peut-être de si redoutables, il n'y en a pas probablement de plus honteux pour notre civilisation.

IV

Les illustrés pour enfants

Ces illustrés très répandus, constituent une entreprise de contre-éducation qui, accaparée par une maison trop connue, devient un danger national.

Cet inventaire de la littérature ennemie si incomplet que je le veuille laisser, manquerait cependant d'un élément essentiel, si je n'y mentionnais, au moins par quelques mots, les mauvais illustrés pour enfants.

Je ne veux pas refaire, ni même résumer l'ouvrage que le R. P. de Parvillez a consacré à ce grave sujet : je me réduis à consigner trois faits.

*
**

Un premier fait qui frappe les hommes les moins

clairvoyants, c'est l'extraordinaire diffusion de cette sorte de littérature.

A l'étalage des boutiques populaires, à la devanture des bibliothèques de gares et des kiosques, ces mauvais illustrés attirent, saisissent, violentent les regards de la jeunesse par leur couverture outrageusement illustrée. Ils se présentent en piles, ils sont variés par leur prix comme par leur contenu. De telle sorte qu'il ne se rencontre pas de gosse si exigeant, de gamine si capricieuse qui ne puissent trouver une pâture à son goût. Non plus, il ne se rencontre peut-être pas une seule famille en France qui puisse se croire à l'abri de cette invasion.

Deuxième fait. Cette littérature absurde, policière, sanglante, bassement sentimentale, et cette déplorable imagerie, constituent dans notre pays une entreprise de contre-éducation, dont les effets se multiplient par des manifestations de plus en plus inquiétantes. Des éducateurs, tels que M. Ferdinand Buisson, M. Félix Pécaut, des hommes publics, tels que M. Violette et M. Bonnefous, des publicistes tels que M. Vandérem, M. Veuillot, des hommes de loi, tels que M. Henri Robert et M. Raymond Hesse, ont depuis longtemps dénoncé ces ravages.

Ces productions cependant n'ont pas cessé de sévir, ni elles n'ont ralenti leur travail de destruction. Les pères de famille qui veulent ouvrir les yeux n'éprouveront pas de peine à constater peut-être chez eux, l'existence de ce fléau.

Troisième fait. Cette abondante littérature de contre-éducation est, sinon monopolisée, accaparée — et de plus en plus — par une maison dont les bruyantes réclames et l'éclatante prospérité devraient faire rougir de honte tous les bons Français.

Les directeurs de cette maison, en effet, sont d'origine allemande ; et de plus, ils ont été, à plusieurs reprises, condamnés par les tribunaux français pour outrages aux mœurs. Et ils continuent leur propagande par la publication d'illustrés pornographiques ! Et ils continuent, sous les yeux clos des pères de famille, à s'introduire dans nos maisons, pour y placer leurs journaux, pour faire, eux, l'éducation de nos enfants, de nos jeunes gens et de nos jeunes filles. Quelle honte !

Dans un article publié dans *L'Écho de Paris*, le 1er janvier 1917, M. de Lannoy disait :

« Nous le considérons (le cas Offenstadt) comme

tristement représentatif d'un état de choses trop général, hélas ! avant la guerre et qui devra complètement cesser dorénavant. Permettre que des Allemands ou des naturalisés de fraîche date puissent contribuer à l'empoisonnement moral du pays est véritablement intolérable ».

C'est intolérable. Et pourtant, nous le tolérons. Voilà un fait. Il est mon dernier. Je passe à l'examen de vos droits.

DEUXIÈME PARTIE

Les droits

QUELS SONT LES DROITS DES FAMILLES EN PRÉSENCE DE LA LITTÉRATURE ENNEMIE

J'ai, dans la première partie de ce travail, dénoncé les écrivains qui ont bafoué la famille et qui, malgré qu'ils en aient parfois, ont contribué à la ruiner dans ses divers éléments et jusque dans ses fondements.

I

L'indifférence et l'inertie des chefs de famille

Ils sont chloroformés par la critique régnante, mais surtout ils se tiennent dans l'ignorance de leurs droits.

Les écrivains cependant ne sont pas les seuls à endosser la responsabilité de ce crime national: ceux qui la partagent avec eux, ce sont — oserai-je le dire? — les honnêtes gens de France, ce sont les pères de famille, c'est nous.

« Rappelez-vous, Messieurs, disait récemment M. de Lamarzelle, rappelez-vous, vous l'avez admiré comme moi, ce beau tableau de Couture qui est au Louvre. Il s'intitule : « Les Romains de la décadence », ou « L'Orgie romaine », comme on l'appelle encore. Il y a là une fête romaine, en effet : ils sont là, les Romains, dans tout leur luxe, dans toute leur beauté, dans toute la splendeur de leur civilisation, mais fatigués, énervés, n'en pouvant plus, incapables de se défendre contre l'ennemi qui vient les attaquer.

« Je vois encore, dans un coin, tandis qu'ils sont tous couchés, deux hommes debout, deux philosophes, qui regardent d'un air triste leur nation qui s'en va avec toute sa gloire. Ces philosophes, l'auteur les a représentés, avec une idée préconçue, je le crois bien ; ils sont là regardant leur pays mourir, mais ils le regardent les bras croisés ». (M. de Lamarzelle, au Sénat, Séance du 20 juin 1923, *Journal officiel*, du 21 juin, p. 1013).

Les bras croisés... Oui, ou bien les bras en l'air ou les bras tombés.

D'autres témoins non moins bien placés pour voir et prononcer, n'ont pas craint de dénoncer la même inertie.

C'est André Lichtenberger. Voici ce qu'il écrivait dans *La Victoire*, le 26 novembre 1922 :

« N'hésitons pas à avouer que, pour une grande part, le public est responsable des ordures qu'on lui présente. Le cochon de lettres pullule parce que les cochonneries rapportent de l'argent. Elles rapportent de l'argent parce qu'on les achète. Le seul remède vraiment efficace contre la pornographie est l'assainissement du lecteur ! »

M. Paul Souday, dans *Le Temps* du 29 décembre 1922, se montrait plus catégorique encore. Il écrivait :

« Le plus coupable, il faut le dire, c'est le public. Comment ne fait-il pas lui-même sa police ?

« Quand un roman est simplement soporifique, il n'y a pas besoin de le condamner pour qu'il disparaisse vite des étalages. Pourquoi le public ne fait-il pas aussi bonne justice de cette pornographie, contre laquelle il ne lâche les écluses à son indignation qu'après s'en être copieusement approvisionné ? Si cet article ne faisait pas recette, la production s'arrêterait d'elle-même, et c'est alors que la question serait heureusement résolue. »

Enfin, dans un ouvrage publié en 1922 par M. Charles Chabot, professeur à l'Université de Lyon, sous le titre *Les Droits de l'enfant,* voici ce qu'on lit aux pages 187 et 188 :

« Les appels publics à l'immoralité sont, sous prétexte de liberté, la violation flagrante et incessante de la liberté de l'enfant. Aucune n'est plus révoltante, mais aussi aucune ne laisse l'esprit public plus indifférent et plus froid, disons mieux, plus sceptique et plus amusé. C'est une honte de notre civilisation. Protéger l'âge qui ne peut se défendre contre ces attentats de tous les jours, n'est-ce pas le plus clair, le plus pressant devoir de l'Etat ?...

« ... Mais pourquoi accuser les pouvoirs publics? C'est l'esprit public qui est coupable; c'est nous tous, complices, ne fut-ce que par inertie et timidité, de cette immense entreprise de démoralisation. C'est nous d'abord qui attentons à l'innocence de l'enfant ou manquons à le défendre. Les hommes en place ne sont que dociles à l'opinion qui se complaît à ces mœurs, on s'y résigne par respect humain. Ils s'abstiennent, non sans regrets parfois, parce qu'ils ont peur, peur de l'impopularité et du ridicule; car on serait ridicule à prendre en mains contre la pornographie la cause de l'enfant !

« Les ennemis de l'enfant ne sont pas seulement les professionnels du vice public et du théâtre obscène, ce sont tous ceux qui les font vivre ou les laissent faire fortune ».

En fait, les pères de famille et en général les citoyens honnêtes qui devraient se révolter contre cet

étalage de perversités ne disent rien, ne font rien, ou trop peu.

Pour justifier leur indifférence et leur torpeur, ils pourraient, si on les poussait un peu, invoquer deux raisons : ils n'exercent pas leurs droits, parce qu'ils n'aperçoivent pas l'occasion de l'exercer ; en second lieu, parce qu'ils ne les connaissent point. En d'autres termes, ils sont dupes d'informations erronées et victimes de leur ignorance.

Leur erreur d'abord. Elle est le fait de la critique, telle qu'elle s'exerce généralement dans la presse. Il n'y a plus de critique, c'est une vérité première. Au congrès du Livre, en mars 1917, j'eus l'occasion de le rappeler, en termes mesurés et presque timides. Le président acquiesça : « Tout le monde sait cela, il n'y a plus de critique ».

Il reste des critiques cependant, et c'est précisément ce qui est, en un sens, très fâcheux. Car ces critiques servent les intérêts des éditeurs, des administrateurs de journaux, des camarades et des agences. Jamais ils ne songent aux intérêts des familles ; jamais ou presque jamais, ils ne recommandent les livres pour familles ; jamais ou presque jamais, ils ne pensent à dissuader les familles de lire certains livres immoraux ou malfaisants ; jamais ou presque jamais, ils ne se placent en face des devoirs de la famille, des droits de la famille, du droit au respect que Juvénal exigeait pour l'enfance et que nous requérons pour toutes les âmes.

Au contraire, se trouvent-ils en présence d'un ouvrage scabreux ou d'un spectacle licencieux, ils en font l'éloge en termes choisis, mesurés, raffinés, laissent entendre que l'art justifie tout, et que l'auteur sait revêtir l'audace de ses tableaux de tant de charmes que tout l'ouvrage s'en trouve ennobli et sanctifié.

En un mot, l'on dirait que les critiques s'adressent exclusivement à des païens de la décadence, à des pantins ou à des marionnettes dont il faut endormir les consciences et exciter les désirs, à des automates oiseux, à des esthètes dépourvus d'âmes, de dignité morale et de responsabilité, pour qui la vie est une noce permanente, la lecture un chatouillement de l'esprit ou des sens, en encore une servante complice de l'oisiveté mère de tous les vices. Les familles sont induites en erreur ; elles ne sont pas renseignées. Ou elles ne possèdent guère, pour les guider dans la vie intellectuelle qui, elle aussi, est un combat, que des bergers marrons qui leur ferment les yeux et désarment leurs bras.

Ainsi faites, les familles sont, on en conviendra, bien empêchées de réagir et de se défendre.

« Le peuple livré aux mauvais bergers, écrivait Madame Adrienne Cambry dans *L'Éclair* (11 juin 1913), croit qu'on l'aime parce qu'on l'amuse et ne s'aperçoit pas qu'on l'exploite en le corrompant. Ignorants, mal informés, ou trop faibles, les parents ne comprennent pas que l'innocence de leurs enfants est comme une marchandise dont vivent d'odieux commerçants ».

*
* *

Leur inaction s'explique encore par une autre cause : ils ignorent leurs droits, en cette importante matière.

Depuis des années et notamment depuis quelques mois, les quotidiens et les revues ont proclamé les droits de l'art, les droits de la pensée, les droits de l'écrivain. Une fois de plus, ils ont oublié, négligé ou sacrifié les principaux intéressés ; ils ont passé sous silence les droits de la famille.

II

Les droits des familles

1. — Ils sont absolus contre la pornographie. — 2. — Ils prévalent sur les droits de l'art et la liberté d'écrire. — 3. — En tout cas, le doute ne subsiste pas, quand il s'agit des droits de l'enfant. — 4. — Une douloureuse antinomie.

I.

D'abord, déblayons le terrain. Nous le disons tout net : il y a d'une part l'écrivain et la littérature, et il y a d'autre part, le salisseur et sa pornographie. L'art peut avoir des droits ; l'ordure n'en a pas ; l'écrivain peut mériter des ménagements, le pornographe ne mérite que le mépris et l'absolue réprobation.

C'est ce qu'écrivait, l'année dernière, dans *Le Figaro* (29 octobre 1922), un journaliste qui honore les lettres françaises, M. Marcel Boulenger :

« Un ouvrage qui, sous prétexte de « montrer la réalité », disait-il, met complaisamment sous les yeux du public des scènes honteuses, ce n'est pas une œuvre de littérature. L'art peut être libre, et même très libre. Mais à cette grande et nécessaire liberté, il y a une limite, que le plus naïf connaît à merveille, au-delà de laquelle le prétendu art porte un autre nom.

« Quant à nous, les écrivains, nous qui sommes si fiers de notre métier, nous qui avons l'honneur d'écrire, nous ne reconnaîtrons jamais pour l'un des nôtres quiconque poursuit en écrivant un but sans dignité...

« Qu'on veuille donc bien y prendre garde : n'est pas un écrivain tout homme dont le nom figure sur la couverture d'un volume. Est-on soldat seulement parce qu'on porte un képi ? »

Il y a mieux. En 1908, au congrès antipornographique de Paris, M. Georges Lecomte, alors et aujourd'hui encore président de la Société des gens de lettres, parlant au nom des écrivains du jour et « des écrivains de l'avenir », a marqué cette distinction nécessaire, en des termes dont on appréciera la vigueur et la solennité.

« Par un tel acte, très réfléchi, nous venons, déclarait-il, répudier toute solidarité avec cette abjecte camelote qui n'a rien de commun avec la littérature de chez nous. Nous ne faisons pas moins pour la France — qui ne s'y trompe pas — que pour l'étranger, plus aisément dupe des campagnes perfides et qui, parfois, se laisse entraîner à d'injustes assimilations...

« Ces livres, nous les ignorons. Comme ils ne représentent ni nos mœurs, ni notre esprit, ni rien qui corresponde à notre existence ou à nos rêves de chaque jour, spontanément nous mettons une frontière entre nous et leur ennuyeuse ignominie. Le jour où les étrangers... déserteraient ces boutiques infâmes, ces boui-bouis immondes où le vice crapuleux ne se trémousse que pour leur plaire, toutes ces industries feraient aussitôt faillite, car le Paris qui travaille et qui crée ne les connaît pas.

« Aussi avons-nous le droit de nous révolter, lorsque, au lieu de se soumettre à la vérité, on nous juge sur des bouquins abjects que nous ignorons, et qui, bien souvent, n'ayant d'apparence française que leur basse parodie de notre langue, ne sont ni écrits, ni imprimés en France.

« ... Les lettres françaises la signalent (la pornographie) au mépris des honnêtes gens de tous les pays. Et désormais, les calomnies les plus insidieuses ne vaudront rien contre ce fait qu'un jour, la littérature française, lasse de tant d'insultes et d'une solidarité répugnante, s'est dressée, avec colère et avec dégoût, contre la bête immonde. » (Cité par *La Revue des lectures*, 15 août 1920, p. 446).

Devant de pareilles déclarations, nous sommes à l'aise. Ainsi que s'exprime M. Gustave Téry lui-même dans *L'Oeuvre* (22 décembre 1922), « il ne s'agit pas des droits de l'écrivain. Il ne s'agit pas davantage de littérature... J'ose affirmer que les « cochonneries » de l'école des garçonnes n'ont rien de commun avec les Muses. Il ne s'agit pas de « morale ». Du moins, en ce qui nous concerne, nous n'aspirons pas plus à recueillir la succession du « Père La Pudeur » que celle du Père Fouettard.

« Non, je l'ai déjà dit — mais il faut se répéter souvent quand on est journaliste, — il ne s'agit ici que de l'hygiène, de salubrité publique, de voirie. Je montre un tas d'ordures dans la rue, et je demande : Où est le balayeur ? Où est le balai ? C'est tout. »

2.

Mais en voici un autre. Une fois le terrain déblayé et balayé, nous nous trouvons en présence des écrivains. Et parmi eux, nous en discernons un nombre fort imposant qui prétendent associer l'art et la licence et qui réclament, envers et contre tout, la liberté de tout écrire.

L'homme, ou du moins l'homme fait, déclarent-ils, a le droit de vivre sa vie, de la modeler sur les mœurs de son temps, franchement et sans hypocrisie, de l'occuper à son gré. S'il juge à propos de la consacrer à l'art et aux lettres, il a le droit de représenter ou de présenter la beauté humaine, avec une liberté renouvelée des Grecs, d'exprimer, sans autre souci que la vérité, les passions, les vices, les désordres de l'homme et de la femme.

Telle est la thèse. Elle a provoqué récemment de vigoureuses répliques. Mais la discussion reste ouverte. Elle le restera longtemps. Nous n'avons pas l'ambition de la clore ; nous ne nous y engagerons même pas. Nous nous bornerons à quelques conclusions moins discutables et auxquelles se rallieront sans peine tous ceux qui ont la mission de défendre les droits de la famille.

Pour donner à ces quelques réflexions, que nous croyons justes, un surcroît d'autorité, nous en appelons aux témoignages de confrères parisiens et d'hommes du monde, mieux placés que nous-mêmes pour prononcer avec compétence sur ces matières scabreuses.

*
**

« Certes, affirme M. Duval-Arnould, député de Paris

et père de famille nombreuse, certes, la question des limites exactes que comporte la liberté de la plume est délicate, et je conviens volontiers qu'à plus d'un point de vue, il ne faut pas tracer ces limites trop étroitement. Il ne s'agit pas, pour la loi humaine et ses interprètes, de se tenir dans l'absolu, il leur faut bien tenir compte dans une large mesure, de l'état des mœurs, même des mœurs qu'on désirerait réformer, sous peine de rester impuissants ou même d'empirer le mal avec d'excellentes intentions ; ni rigorisme excessif contre d'inoffensives gauloiseries, ni accès moroses d'hypocrite « pudibonderie » comme dit M. Margueritte. Soit! »

Mais vraiment, dans certains cas, le délit est flagrant, et les limites indiscutablement dépassées. Quand, par exemple, un auteur s'avise de peindre, en traits appuyés, tout ce qu'il a vu, tout ce qu'il est allé voir dans les lieux les plus infâmes; quand il étale et fait abcéder sur la place publique des chancres qu'on soigne dans les chambres d'isolement des hôpitaux spéciaux, l'hésitation n'est pas possible. En dépit des prétendus droits invoqués, les droits de la morale subsistent, absolus, imprescriptibles, invaincus, évidents.

M. Théodore Ruyssen, professeur à l'Université de Bordeaux, défend la même thèse. Dans *Le Progrès ci-*

vique (16 décembre 1922), après avoir signalé les écrivains dont les intentions sont hautes et probes, et l'art honnête jusque dans sa brutalité, il poursuit :

« Il existe, à côté, on le sait trop, toute une littérature nettement, volontaire, je dirai même commercialement licencieuse ; des écrivains qui « font » l'obscène parce que cela se vend, des maisons d'éditions spéciales, qui réalisent des fortunes en jetant l'immondice à pleines corbeilles sur l'éventaire des libraires. Et ce qui n'est pas sans me laisser rêveur, c'est de trouver à la même vitrine « spéciale » de certaines librairies, les œuvres dites « hardies » d'écrivains de marque voisinant avec les publications aussi vides d'idées et d'art que malpropres de notoires pornographes. Pour dire tout franc ma pensée, je crains fort que le succès fréquent d'œuvres du genre « osé » ne soit dû, bien souvent, à des mobiles qui ne sont pas tous d'ordre purement esthétique.

« Dès lors, si c'est un fait qu'il existe — et comment le nier ? — à côté d'écrivains probes jusque dans l'étalage du vice, une littérature immonde qui spécule sur le goût naturel d'innombrables lecteurs pour les morceaux faisandés — tout comme certaines feuilles financières exploitent la sottise et la cupidité du gros public, — et si cette littérature constitue un danger évident pour quantité de lecteurs mal préparés à n'en retenir que l'enseignement de vérité, il est naturel, il est légitime, il est nécessaire que la société se défende et l'on conviendra que la nôtre n'abuse guère de ce devoir. »

*
**

Il semble moins évident, cependant, si on leur oppose certaines œuvres dans lesquelles la hardiesse des peintures, les libertés de langage et de ton et le caractère des milieux gardent une modération qui paraît aux uns excessive et qui présente, aux yeux des autres, de sérieux dangers.

Assurément, je ne prétends pas que tout écrivain se doit d'écrire uniquement des livres capables d'élever l'âme de ses lecteurs, et des livres destinés aux jeunes filles dont on coupe encore le pain en tartines. Car, le divertissement, comme le travail d'ascension et le devoir du perfectionnement, est, lui aussi, l'apanage de l'homme ; et d'autre part, les adultes très légitimement, n'ont pas accoutumé de prendre les mêmes nourritures que les enfants et les adolescents.

Les adultes cependant possèdent des droits, leurs droits au respect.

C'est ici que l'écrivain doit se souvenir que, si les limites entre la morale et la littérature sont difficiles à fixer, il faut, à tout prix sauver la littérature de l'immoralité.

Est-ce si difficile ? C'est un journaliste du boulevard qui se charge de répondre :

« Est-il si difffcile qu'on le prétend, de savoir où commence pour un écrivain ce terrain suspect où il ne saurait s'aventurer sans déchoir ? Non. Il y a une probité littéraire qui éclate dans les œuvres aux regards du lecteur comme elle éclate dans la conscience même de l'homme de lettres. Toute la moralité de notre profession est dans cette probité [1]. Il y a des pages qu'un écrivain probe se refuse à écrire. Ce sont celles qui, faisant appel aux plus bas appétits de la bête humaine, lui apporteront un succès de mauvais

1. M. Ernest Prévost, le distingué poète, insiste sur ce point dans un article publié par *La Victoire* (1er janvier 1923) :

« Constatons donc — écrivains qui dissertons des choses de l'amour — que nous ne pouvons sérier nos lecteurs ou nos lectrices, que des jeunes gens, des jeunes filles nous lirons auxquels nous ne devons pas manquer de respect.

« Si nous entrons dans des descriptions physiques ou passionnées, faisons-le avec un grand souci de pudeur et de ferveur. Ce sera de la vérité quand même, et ce sera de l'art aussi. L'amour — quand il est vif et sain — comporte toujours, même à l'heure des plus complets abandons, une part d'âme ; et cette part d'âme, si nous la possédons et savons l'exprimer, nous permettra de tout dire en délicatesse et en grâce, sans offenser. »

aloi, l'or que le débauché porte aux filles. Ces pages-là, quand elles figurent dans une œuvre la déshonorent à jamais, et tout Français a le droit de la dénoncer ». (CURTIUS, *Le Gaulois*, 22 décembre 1922).

Tout citoyen, en effet, doit, dans la mesure de ses moyens et suivant sa situation pourvoir au bien public, à l'intérêt social, et en appeler, quand il le faut, à la loi, contre les mauvais citoyens.

« La liberté est sacrée, soit, dit M. Marcel Boulenger dans *Les Nouvelles littéraires* (16 décembre 1922). Mais quand je constate, chaque dimanche d'été, que les promeneurs mettent le feu dans nos forêts avec leurs cigarettes, j'aimerais bien qu'on interdît de fumer dans les bois, en dépit de 1789. Périssent cent mille kilomètres de liberté plutôt qu'un centimètre de beauté. »

Telle est la loi formulée par un artiste. Il est facile de la transporter sur le terrain de la morale et du bien social, où les droits de l'écrivain trouvent tracées leurs limites.

« Faire imprimer ses écritures, affirme M. Gustave Téry lui-même dans *L'Œuvre* (28 décembre 1922), ne confère à aucun monsieur le privilège d'être au-dessus des lois. Un écrit est un acte, et l'écrivain, comme tous les citoyens, est responsable de tous ses actes. C'est un étrange paradoxe que de se représenter la

« république des lettres » comme un Etat dans l'Etat ou comme un vase clos. Qu'il prétende ou n'on s'abstraire dans une tour d'ivoire, l'écrivain tient un rôle social, et, comme tout droit, le droit d'écrire ne va point sans un devoir symétrique. Voilà pourquoi la question posée... n'est pas seulement une question sociale. »

Dans un autre article (*L'Œuvre*, 24 décembre 1922), le même journaliste avait écrit :

« La liberté n'a jamais été le droit de tout faire, — et la liberté d'écrire n'est pas davantage le droit de tout écrire. Cette liberté-là ne va point sans une responsabilité d'autant plus grande que l'écrivain est plus connu et que ses écrits ont plus de lecteurs.

« Pour prévenir toute équivoque et couper court à toute discussion superflue, tenons-nous en sur ce point à l'article II de la Déclaration des droits : « La libre communication des pensées et des opinions est un des droits les plus précieux de l'homme : tout citoyen peut donc parler, écrire, imprimer librement, sauf à répondre de l'abus de cette liberté dans les cas déterminés par la loi » [1].

1. M. Pierre Mille, dans *Les Nouvelles littéraires* (23 janvier 1923) accepte ces sanctions :

« Je revendique la responsabilité de ce que j'écris. Si je ne croyais pas que ce que j'écris a une portée, est un en-

Anatole France — lui-même! — a formulé sur ce sujet, à propos d'un livre d'Abel Hermant, une profession de foi sans ambiguité. La voici :

« Ce serait me flatter, sans doute, que de croire que l'honorable colonel du 12e chasseurs s'inspirait de ces idées, quand il rédigea l'ordre du jour par lequel il interdisait à ses hommes la lecture du *Cavalier Miserey*.

« En ordonnant que tout exemplaire saisi au quartier fût brûlé sur le fumier, le chef du régiment avait d'autres raisons que les miennes, et je me hâte de dire que ses raisons étaient infiniment meilleures. Je les tiens pour excellentes : c'étaient des raisons militaires.

« On veut l'indépendance de l'art. Je la veux aussi : j'en suis jaloux. Il faut que l'écrivain puisse tout dire; mais il ne saurait lui être permis de tout dire

couragement à l'action ou à la pensée, pour les hommes qui m'entourent et même, si j'en suis digne, pour la postérité, je n'écrirais pas. Ecrire un livre est tout de même autre chose que de jouer aux billes !

« Et si ce que j'ai écrit, en y mettant toute ma conscience et ce que la nature m'a prêté d'art pour le faire valoir, semble répréhensible à la morale de mon temps, à l'ordre social et politique de mon pays, je ne me plaindrai pas d'en être châtié. L'avenir dira si j'ai été un martyr, un imbécile, ou un saligaud. Il jugera mes juges, mais je ne récuse pas mes juges ».

de toute manière, en toute circonstance et à toutes sortes de personnes.

« Il ne se meut pas dans l'absolu. Il est en relations avec les hommes. Cela implique des devoirs. Il est indépendant pour éclairer et embellir la vie; il ne l'est pas pour la troubler et la compromettre. Il est tenu de toucher avec respect aux choses sacrées. » (Anatole FRANCE, *La Vie littéraire*, tome Ier, p. 79.)

Voilà sur ce point, quelques indications auxquelles tous les citoyens français soucieux du bien social peuvent, à mon sens, se rallier.

Je les résume. Ou plutôt, M. André Beaunier les a résumées pour nous dans un article qu'a publié *L'Écho de Paris* du 13 janvier 1919 et conçu en ces termes :

« Ils cherchent aussi des arguments à tout hasard dans le fameux principe de la liberté de l'art : est-ce que l'art n'est pas libre ? est-ce que vous comptez mettre la littérature au couvent? hou! hou!...

« Premièrement, laissons les grands mots : et, dans votre affaire, il ne s'agit pas d'art ou de littérature. Il n'y a point d'art dans vos exhibitions ; ni de littérature dans vos vieilles petites polissonneries et dialogues affriolants. Qu'est-ce que l'art ? autre chose ! Et la littérature ? autre chose ! N'en parlons pas.

« Ou parlons-en, mais sans confondre l'art et la littérature avec le gagne-pain de ces divers messieurs et dames ».

3.

En dépit de ces copieuses explications, l'antinomie des droits subsiste peut-être, au sens de quelques-uns de mes lecteurs. Voici qui va dissiper les obscurités et décider les esprits encore hésitants.

A supposer — ce que pour ma part je n'accorde pas — à supposer que les droits de la morale et les droits de la société puissent céder la primauté au droit, plus ou moins étendu, de l'écrivain, il existe des droits qui, incontestablement et aux regards des pères de famille, doivent le primer, ce sont les droits de l'enfant.

« Du point de vue de l'enfant, écrit M. Charles Chabot dans son ouvrage déjà cité, *Les Droits de l'enfant* (pp. 191, 192, 193) : il n'y a pas de discussion, il se peut que des chefs-d'œuvre où bon nombre d'adultes voient déjà autre chose que la beauté pure, ne soient pas faits pour l'âge de l'enfance et de l'adolescence. Avec les meilleures intentions du monde la discrimination sera parfois délicate : il nous arrive d'y échouer dans nos programmes scolaires.

« Tout de même, l'enfant doit pouvoir passer dans la rue, devant les kiosques et les affiches, étudier un ouvrage de programme sans être aguiché, troublé dans sa pudeur, attiré vers le mal. S'il faut choisir, c'est son droit qui est le premier.

« Mais l'art ne perdra rien à ne pas proposer certaines œuvres à ceux qui ne les comprennent pas encore ; les chefs-d'œuvre ne gagnent rien à des admirations qui les méconnaissent. Leur droit sera donc entier. Ce qu'on met sous la protection de l'art, c'est un besoin de lucre et de réclame malsaine. Aucun homme de bonne foi ne s'y trompe, s'il y veut regarder.

« ... La provocation à la luxure est, pour l'enfant, pire que l'exemple du vol. Personne ne la nie au-delà de certaines limites, jusqu'à l'aberration. C'est l'enfant d'abord qu'il faut garantir. Ainsi posée, la question ne comporte pas de controverse, et il n'y a pas d'antinomie de droits.

« ... Nous n'aimons pas assez l'enfant ni la justice, parce que nous ne comprenons pas. Tous ces attentats à la pureté des enfants, tous ces entraînements qui appellent les adolescents à la vie sexuelle précoce et coupable préparent des générations déprimées, avariées, qui seront des générations de décadence. Dépopulation, dégénérescence, c'est la mort. Le respect des droits de l'enfant peut seul nous en sauver ».

Tous, Messieurs, nous souscrivons à ce vigoureux langage. L'enfant a droit à la protection de ses parents, des autorités légitimes, des lois, de l'État. C'est de toute évidence.

* * *

Pour dire toute ma pensée, je tiens à ajouter qu'on ne doit pas en bonne logique, donner au mot enfant la signification la plus restreinte. On ne doit pas, conséquemment, priver de la protection nécessaire les adolescents, les jeunes gens et les jeunes filles, en un mot les divers membres de la famille qui ont déjà parcouru un ou plusieurs stades dans le chemin de la vie, mais qui, pour l'une ou l'autre raison, sont exposés encore à achopper, à trébucher, à tomber.

Le monde n'est pas peuplé de raffinés et de lettrés; il se compose surtout d'enfants [1].

1. Cette pensée occupait particulièrement M. Edmond Ha-

Ces jeunes gens, ces jeunes filles, ces simples, ces nombreux demi-malades qui ressortissent à la psychiatrie sont semblables à des enfants. Comme les enfants, ils sont, faute d'entraînement, incapables d'inhibition ; ils sont, faute de culture, insensibles à ce que nous appelons le goût, le style, l'art ; ils sont surtout mal préparés à discerner, dans les œuvres où la beauté s'allie à l'audace, ce qui dégrade l'esprit, d'avec ce qui, malgré tout, le nourrit et l'élève.

Comme les enfants, ce qu'ils choisissent, ce n'est jamais le meilleur, c'est presque toujours le pire. Dans toutes leurs opérations intellectuelles, ils ressemblent à des enfants. C'est donc comme des enfants que devraient, à mon avis, les traiter, ceux

raucourt, quand il disait au Congrès du livre de 1917 : « Ce qui m'occupe, c'est la foule, et surtout l'embryon de la foule future, ces deux géants si frêles, ces deux colosses si redoutables et si faibles, que leur caractère impulsif tient en état constant de réceptivité pour le mal endémique : l'enfant et l'homme-enfant.

« Ce sont ceux-là qu'il faut protéger par les lois, parce qu'ils ne trouvent en eux qu'une défense insuffisante contre eux-mêmes, et une défense plus insuffisante encore contre les tentateurs qui font métier de réveiller la bête.

« Le petit enfant ne pense que par l'image. L'homme-enfant continue et il ne pense que par l'imagination. Ne pourrait-on pas dire que l'imagination est la pensée de l'instinct ».

qui ont la charge de veiller sur la sécurité des âmes et de défendre les droits de la société familiale et de la société tout court.

Quoi qu'il en soit, les droits de l'enfant demeurent établis, par des arguments plus persuasifs, plus décisifs encore que les droits de la morale et les droits de la communauté. Ils donnent son achèvement au faisceau des droits de la famille.

4.

Ces faits acquis et ces vérités admises, nous commençons à voir plus clair dans le sujet. Mais un rude problème reste inéclairci : un problème grave, douloureux, angoissant, et sur lequel nous ne saurions trop sérieusement méditer.

Ce problème, M. Isaac, député du Rhône, ancien ministre du commerce, en esquissait la donnée, dans son discours émouvant qu'il prononçait à Tours, au 4e congrès de la natalité, le 24 septembre 1922 :

« Il est inconcevable, s'écriait-il, il est inconcevable qu'à l'heure où nous sommes, il y ait, dans la société, des gens qui fassent leur fortune de la destruction de la race, de même que, dans un milieu analogue, mais qui se croient moins coupables, il des boutiques, de la pensée, de l'éducation des enfants, de la famille et ils y déposent des immondices ou des poisons.

D'autre part, des hommes qui honorent l'homme par la noblesse de leur vie, des hommes qui assurent la prospérité, la grandeur, l'avenir du pays, par leurs traditions, par leur travail, par leurs exemples, par leurs nombreux enfants ; des hommes pourvus de tous les droits, de par la nature et le plus souvent de par la loi, se bandent les yeux, se croisent les bras ou les laissent tomber ou les lèvent en l'air. Ils ne font rien, eux qui sont tout, contre ceux qui ne devraient être rien. Voilà ce qui est inconcevable !

Oh ! je vous entends, Messieurs les pères de famille. Vos droits, murmurez-vous, on les conteste.

Oui, on les conteste. On les contestera toujours,

restaurants de nuit, les eldorados, les cafés-concerts, tous les lieux où les désœuvrés des deux mondes s'abêtissent et se ruinent. C'est dans ce décor qu'elle place l'action de ses romans, c'est dans ce monde qu'elle choisit ses personnages et c'est leur argot qu'elle use à l'ordinaire. Ne demandez pas à de tels écrivains qu'ils respectent la pudeur, ils n'ont jamais rencontré d'honnête femme ; ne leur parlez ni de délicatesse, ni de modestie, ni d'honneur ; ces mots-là n'ont pas de sens pour eux ; ne leur dites pas qu'il n'est point permis de tout écrire, car ils ne discernent pas le bien d'avec le mal. Il semble qu'ils n'aient jamais eu ni parents, ni femme, ni enfants... »

comme on les a toujours contestés. On leur opposera toujours les droits de l'art et les droits de l'écrivain. Et pour faire à ceux-ci la part belle, je veux bien convenir et redire que la question reste obscure. Mais je me hâte d'ajouter que les droits de la famille sont dans leur principe indiscutables et que, malgré les disputes des intellectuels, malgré les querelles de l'Oronte, malgré tout, nous devons agir.

Vous avez vu quelquefois, — la pensée est de Monseigneur d'Hulst — vous avez vu, dans une belle nuit d'été sans lune, le ciel semé d'étoiles. Chacune de ces étoiles est un foyer. Tout autour du point lumineux, l'obscurité s'épaissit, mais elle n'arrête pas la lumière au passage. La lumière traverse l'infini de l'espace, elle arrive jusqu'à l'œil du navigateur et elle l'aide à diriger son vaisseau sur les plaines sans route de l'Océan.

Ainsi les principes que je vous ai rappelés. Ils laissent régner un peu d'ombre autour d'eux, mais leur clarté perce l'ombre. Cela suffit. C'est à leur lumière qu'il nous faut marcher.

Que faire?

TROISIÈME PARTIE

Les devoirs

QUELS SONT NOS MOYENS DE DÉFENSE CONTRE LA LITTÉRATURE ENNEMIE

Nous quittons maintenant le domaine spéculatif et nous entrons dans le champ de l'action.

Nous allons soumettre successivement à l'examen de nos lecteurs certains moyens pratiques, 1° pour combattre la littérature ennemie de la famille et la mettre hors d'état de nuire; 2° pour favoriser la littérature et les écrivains qui respectent ou voudraient défendre, d'accord avec les grandes associations, les droits de la famille; 3° pour guider les familles, parmi la diversité et les dangers de la littérature.

I

Il faut agir

Les tenants de l'action; les points d'attaque.

Cette action intéresse les pères de famille. C'est évident[1]. Mais elle intéresse aussi les élites, toutes les élites de la nation.

« L'abîme est devant nous, écrivait déjà le 29 juin 1914, au rédacteur en chef du *Matin*, M. A. Kleine, directeur de l'Ecole nationale des Ponts et chaussées, à propos de la dépopulation.

« Pour que le pays soit sauvé, il faut que la perception du danger frappe, jusqu'à les aveugler, les favorisés de la fortune et du savoir ; il faut que l'exemple vienne d'en-haut et qu'il soit donné par les maîtres et leurs disciples de tous ordres, en science, en industrie, en art, en commerce, en littérature, en philosophie, etc., par tous ceux qui font de notre pays,

1. Dans un article qu'il publiait dans *Le Petit Journal*, le 27 décembre 1922, M. André Billy, après avoir parlé des « écrivains dignes de ce nom » poursuivait ;

« ... Quant aux autres, quant aux écrivains qui se parent astucieusement de la qualité d'artistes, ou de moralistes pour spéculer sur les bas instincts de la foule, ils relèvent de la police familiale qui est la meilleure mais qui ne s'exerce guère que sur la maison. Au dehors, le danger subsiste tout entier, et voilà bien ce qui inquiète les parents.

« Mais ici ce n'est pas seulement la question des romans immoraux qui se pose, c'est celle, plus générale, des mœurs. La corruption rôde partout et l'on peut dire que, dans une certaine mesure, chacun de nous la porte en soi. Aux pères et aux mères, aux maîtres et aux maîtresses, de veiller de leur mieux sur la pureté des petites âmes confiées à leurs soins ! »

selon la forte parole de Gambetta, « la plus haute personne morale qui soit au monde. »

Cette mobilisation des élites et cette unanimité dans l'effort s'imposent aujourd'hui, avec plus de rigueur qu'à la veille de la guerre. Elles s'obtiendront du reste avec moins de difficulté, parce que tout le monde s'est rendu compte du péril et du mal.

C'est donc à l'universalité des forces nationales que nous devons faire appel ; aux pères de familles et à tous les citoyens de marque, aux masses même, aux individus et aux associations. Et c'est à tous que s'adressent ces quelques suggestions.

***

Dans son remarquable ouvrage, *L'Indiscipline des mœurs* (p. 514), M. Paul Bureau, préconisait ce système de défense :

« Serait-il vraiment très difficile de poser le principe que tout auteur, tout écrivain dont l'œuvre se plaît à la description minutieuse des raffinements de luxure, dont les ouvrages avilissent la jeunesse, souillent le cœur, est un écrivain déshonoré, un homme disqualifié, à qui on ne serre pas la main, qu'on n'invite plus à sa table, un mauvais Français, actif collaborateur des convoitises germaniques ?

« Serait-ce trop demander à la société des Gens de lettres que d'exclure de ses rangs pareils malfaiteurs, à la chancellerie de la Légion d'honneur de rejeter leurs dossiers, lorsque leur nom est proposé ; à la Société des honnêtes gens, de refuser d'acheter le journal qui les admet parmi ses collaborateurs, et de boycotter impitoyablement, et pendant plusieurs années, le théâtre qui a commis le crime de monter une pièce licencieuse et corruptrice des mœurs ? »

Il semble que de proposer des mesures pareilles revient à demander le rétablissement de la censure. Et la censure est réputée odieuse et inopérante.

Mais en réalité, il s'agit moins de la censure que d'une censure. Et une censure est nécessaire. Deux écrivains vont nous expliquer comment on la peut légitimer et concevoir.

Voici ce qu'écrivait récemment Fagus :

« L'écrivain ? en vertu de quel privilège l'écrivain se verra-t-il soustrait à la loi générale de nécessité, sans laquelle la Cité ne subsiste plus ? L'autre fou, Jean-Jacques Rousseau, a par ses écrits allumé mille fois plus d'incendies que Néron.

« La prétendue antinomie entre l'art et la morale est baliverne, ou bien hypocrisie. Une faute contre l'une est toujours et nécessairement une faute contre l'autre. L'écrivain s'en trouve-t-il gêné ? Nullement

Stendhal, Balzac, tirent d'autant plus puissants effets de leur retenue même. Ce dernier sut décrire les pires égarements de telle sorte que l'homme très averti seul peut comprendre ; l'écrivain digne de ce nom doit savoir tout dire : *Nonobstant interdisait-il à ses nièces la lecture de ses romans.*

Et parler de censure est une autre baliverne : il est toujours une censure, dont l'autorité se borne à homologuer les décrets. Aux époques normales elle est exercée par ce que Molière dénommait « les honnêtes gens » ; en démocratie, elle l'est par la canaille.

« L'écrivain digne de ce nom se fait son propre censeur : avant le grand Balzac, le grand Corneille l'avait exprimé. Que l'art soit un sacerdoce, certes ; ainsi toute profession. Mais, si l'artiste, si l'écrivain revendique qu'on le tienne pour une manière de saint, qu'il tâche en son art d'acquérir quelques-unes des vertus du saint, et d'abord la bonne tenue.

« On n'est pas autorisé à s'exhiber tout nu par les rues sous prétexte qu'on se pense beau garçon, à mettre le feu à la ville sous prétexte de la régénérer, à publier des écrits démoralisants sous prétexte de glorifier la morale, l'art ou de sauver l'humanité. (FAGUS, Réponse à l'Enquête des *Marges* sur « La Liberté d'écrire », *Les Marges*, 15 février 1923, p. 122.)

Dans sa réponse à la même enquête, M. René Fauchois se montrait plus affirmatif encore. Il disait :

« ... Je suis personnellement partisan d'une censure. Entre plusieurs une raison qui me suffit : *j'ai des enfants qui pourront lire bientôt.* En quoi la censure a-t-elle gêné l'éclosion d'un beau livre, même érotique ? Tout ce qu'elle peut empêcher c'est sa vente à découvert, sa diffusion dangereuse entre des mains d'enfants ou d'érétomanes latents dont la maladie n'a pas besoin de stimulants. Mais il y aurait tout bénéfice, même littéraire, à ce qu'elle pût l'empêcher. Toutes les personnes et tous les âges n'ont pas le discernement ni la force qu'il faut pour éliminer les poisons, parfois délicieux, de l'art et de la littérature. Je suis de ceux qui regrettent qu'on ait fait des éditions populaires des *Liaisons dangereuses* et des *Fleurs du mal.*

« La fameuse formule : « *Le peuple a droit à la beauté* » est une de ces noires sottises... qui a déjà fait commettre assez de graves erreurs, artistiquement et socialement.

« C'est très joli d'invoquer la liberté d'écrire, mais sous son prétexte je refuse d'accorder à des auteurs et à des éditeurs, plus ou moins scrupuleux, la liberté de pervertir les enfants et les gens sans défense.

« Et pensez-vous que Baudelaire n'eût pas protesté contre une édition des *Fleurs du mal* à dix-neuf sous, et que ce grand homme n'eût pas souffert de voir glisser sur les poèmes sublimes et douloureux, le sourire, équivoque autant qu'incompréhensif, des collégiens, des midinettes et des garçons bouchers, qui achètent son chef-d'œuvre dans les gares du métro, en même temps que *Froufrou* et que *Le Canard enchaîné* ?

« J'imagine mal comment on peut être attaché à une liberté, même à celle d'écrire, mais où voyez-vous que cette liberté puisse être restreinte ? Les fous eux-mêmes n'en sont point privés. J'ai dans ma bibliothèque de pathétiques ouvrages composés dans des asiles par de malheureux déments. Ils ont eu toute licence de les griffonner et il est probable qu'au cas où un éditeur les publierait, ces divagations remporteraient un succès considérable — d'autant plus qu'elles sont ornées de dessins qui, pour être sommaires, n'en sont pas moins significatifs et dissipent tout à fait l'obscurité partielle du texte.

« Une bonne censure nous devrait d'interdire cette publication, car la folie est contagieuse, mais elle ne saurait s'opposer à ce que les fous écrivent du matin au soir des choses vagues et dessinent du soir au matin des choses un peu moins vagues.

« Les pharmaciens fabriquent et détiennent toutes sortes de poisons. L'art médical ne souffre pas du fait qu'ils n'ont le droit de les vendre qu'à de certaines conditions.

« Au long des siècles, tout ce qui était de la pensée et de l'art a pu s'exprimer sous tous les régimes. (Les *Marges* ne font pas de politique n'est-ce pas ?) Rabelais, Shakespeare, Molière ont écrit sous des rois, et s'ils se sont gênés, il n'y paraît guère. Et finalement la censure n'a pas beaucoup nui au talent ni au succès de Flaubert, et de Baudelaire (déjà nommé). Elle n'a même pas tué Jean Richepin et ne l'a pas empêché d'entrer à l'Académie. Alors ?

« Alors, je regarde les vitrines des libraires, les affiches des théâtres et concerts, l'étalage des journaux illustrés aux kiosques et je pense : « Vite ! une censure ! Laquelle ? Ses modalités ? Ses limites ? Je ne sais pas ! C'est une autre question ! mais une censure ! Vite ! » (René Fauchois, Réponse à l'Enquête des *Marges* sur « La liberté d'écrire », *Les Marges*, 15 février 1923, pp 123-125).

*
**

Cet ostracisme, ce boycottage, cette censure et certaines sanctions analogues, réduiraient certes à l'impuissance nombre de malfaiteurs. Mais ils ne les visent pas tous, ils négligent même les plus dangereux.

A notre sens, pour lutter efficacement contre la littérature ennemie, il ne faut pas se contenter d'agir sur les intellectuels qui l'élaborent. Considérant que le mal primordial consiste dans la vulgarisation, il faut agir sur tous ceux qui, une fois le livre conçu et écrit, se chargent, ou illégitimement s'accommodent, ou souffrent et meurent de sa diffusion. En d'autres termes, il faut agir, non seulement sur les écrivains et les sociétés d'écrivains, notamment sur les romanciers et les dramatistes, mais aussi sur les éditeurs, les libraires et marchands, sur les directeurs de bibliothèques et de cabinets de lecture, sur les directeurs de théâtres et de tournées, sur les journaux, sur les législateurs, sur les autorités administratives et les autorités sociales, sur les acheteurs, sur les lisants et les lisantes, sur les habitués et les abonnés des théâtres, sur notre entourage et nos relations, sur l'opinion publique.

II

Comment agir

1. — Il faut parler, écrire, dénoncer, assainir, éduquer ou plutôt rééduquer, donner l'exemple, grouper et s'organiser. — 2. — Il faut aussi favoriser les écrivains et les ouvrages amis de la famille. — 3. — Il faut apprendre à reconnaître ceux qu'il faut aimer et ceux qu'il faut réprouver.

Agir, ce n'est pas gémir, ce n'est pas user de violence, ce n'est pas commencer sans dessein d'achever; c'est s'atteler à l'ouvrage, labourer, sans plaindre sa peine, et n'avoir de cesse qu'une fois tous les résultats conquis; c'est au préalable s'enfoncer dans la tête et s'incorporer dans la cervelle, cette vérité d'expérience, qu'on ne doit pas compter sur les autres, mais ne s'attendre qu'à soi-même, pour revendiquer ses droits et obtenir justice. *Fara da se*, disait de son pays, un homme d'Etat du siècle dernier. Le mot n'est pas français : il n'est pas nécessaire qu'il le soit. La chose doit le devenir pour vous : pères de familles, faradassez. Un aperçu du plan de votre action vous convaincra qu'il y a du travail pour tous les ouvriers.

Agir, c'est, dans l'espèce, parler, écrire, dénoncer, assainir, éduquer ou plutôt rééduquer, donner l'exemple, grouper et s'organiser.

Parler : on ne connaît pas assez, on ne proclamera jamais trop la puissance magique de la parole sur une âme et sur l'âme commune d'une collectivité ou d'une assemblée.

Parler à une bibliothécaire de gare pour la renseigner, pour la conseiller, pour la prier, pour la dissuader, pour l'intimider, pour la menacer :

« Ce livre, cet illustré est mauvais, Madame... Vous vendez une pareille publication aux jeunes filles, ce n'est pas bien, Madame ; vous qui êtes intelligente et honnête certainement n'en permettriez pas la lecture à vos enfants. Quelles horreurs on vous fait étaler là. Je vais en référer à l'administration pour que vous ne soyez plus condamnée à pareille besogne... Etc. »

Voilà ce que tout père de famille, un peu disert et

fort résolu peut dire courtoisement, sympathiquement, charitablement et avec autorité, selon les circonstances, mais presque partout, s'il est client et même s'il ne l'est pas.

Parler à un liseur du voisinage ou même à un liseur de rencontre. Oh ! je sais bien ce que prescrit l'usage ; mais je fais plus d'état de l'hygiène publique, de la propreté des âmes, et des droits de la famille que de certaines conventions. Au surplus, dans certains cas, le fait de parler ne contrevient à aucune loi.

« Vous lisez ça, jeune homme? Pourquoi lisez-vous cela ?.. Croyez-moi, j'ai de l'expérience, je sais ce que c'est... Quand on est gentil comme vous, honnête comme vous, on laisse ça aux autres... On s'épargne ainsi bien des ennuis et des remords... Etc. »

Voilà ce que peut dire habilement, et jamais sans résultat immédiat ou éloigné, un père de famille qui sait ce qu'il doit dire et qui sait s'y prendre.

Parler en privé, parler aussi en public. Devant des auditoires qu'on fait, ou devant des auditoires tout faits. Un soir, il y a déjà longtemps, dans un théâtre de Roubaix, on représentait une pièce à la fois sophistique et licencieuse. Le rideau se lève. Au premier rang, un homme se dresse, un père de famille universellement estimé de ses concitoyens. Il exprime, en termes mesurés, courtois et pathétiques, sa honte et son indignation. Il s'adresse au bon sens et au cœur de ceux qui l'écoutent. L'auditoire est fortement impressionné. La pièce fut jouée, il est vrai. Mais qui dira, Messieurs, tout le soulagement qu'a procuré aux braves gens, tout le retentissement qu'a produit dans les âmes et dans la ville et dans certaines vies, une si opportune intervention, un digne langage. Parler, c'est agir.

*
**

Ecrire aussi, c'est agir. Répugne-t-on plus encore à écrire qu'à parler ? Je n'en deciderai point. Mais c'est un fait que les pères de famille écrivent trop peu, comme ils parlent trop peu.

Ils abdiquent, ils désertent... Aussi, la direction des idées et des esprits, l'éducation même de leurs enfants leur échappent, à eux qui, dans une société normale et ordonnée, devraient être rois, les maîtres et les meneurs, pour passer aux mains des éditeurs-pornographes venus d'Allemagne, des hâbleurs illettrés, des savantasses de cabaret, des grimauds de la presse, d'effrontés usurpateurs de la confiance publique.

Il faudrait écrire, suivant les occasions, à tous ceux qui possèdent ou assument, dans la diffusion de la littérature ennemie, une part de coopération ou de responsabilité. Ecrire aux maires, aux préfets, aux ministres, au sujet d'un livre, d'un spectacle ou d'un périodique, pour leur rappeler les lois, les décrets, les circulaires et leurs devoirs ; écrire à l'éditeur d'un ouvrage pernicieux, pour lui représenter l'indignité de son acte, pour lui jeter à la face le mépris qu'il inspire aux pères de famille et aux citoyens honnêtes ; écrire aux administrateurs ou aux directeurs des salles de spectacle ; à l'impresario des tournées qui s'abattent sur la ville ou le village ; écrire à un journal, soit au directeur, soit le plus souvent à l'administrateur, pour lui exprimer la surprise, la tristesse, le scandale qu'ont procurés aux pères de famille l'annonce ou l'éloge d'un livre immoral, l'annonce ou l'éloge d'une publication ordurière, la relation d'un fait-divers criminel ou croustilleux, le compte-rendu trop détaillé ou appuyé d'une affaire judiciaire, l'insertion d'un article ou d'une chronique à tendances antifamiliales, etc. ; écrire, le cas échéant, aux directeurs des réseaux de chemins de fer et des compagnies de transports en commun, aux directeurs des contributions indirectes, aux agences d'affichage, aux propriétaires de murailles scandaleusement parlantes et scandaleusement illustrées ; aux bureaux de tabac ;

écrire enfin aux auteurs eux-mêmes, pour les avertir et les corriger [1]; etc., etc.

Agir, c'est dénoncer. Dénoncer, non pas un malfaiteur obscur, ni un livre inconnu ou peu répandu, ni une feuille au tirage dérisoire : ce serait leur faire trop d'honneur et leur donner crédit auprès d'un pu-

1. Voici la leçon que faisait un jour aux écrivains (dans *Comoedia*, 27 mars 1921), un romancier connu, M. Binet-Valmer :

« Il n'est pas d'époque plus difficile pour l'artiste. Au temps du grand siècle, nos maîtres écrivaient pour des publics divers, et leurs drames ou leurs comédies avaient un autre ton, quand ils devaient être représentés devant les pupilles de Madame de Maintenon ou devant les délicats de la Cour. Aujourd'hui, mes confrères, nous avons le choix entre deux publics : les grossiers métèques dont il faut chatouiller la sensualité fatiguée, et le peuple de France où quinze cent mille familles sont en deuil et pensent à celui qui est mort au champ d'honneur. Il faut choisir...

« La plupart d'entre vous, les meilleurs d'entre vous, n'écrivent pas pour gagner de l'argent. Ils écrivent pour avoir du succès. Eh ! il faut choisir ; succès parmi la population faisandée des métèques, succès sonore et malodorant ; succès parmi les femmes et les hommes de France, succès de bon aloi...

« Mes confrères, vous êtes à la tête d'une armée dont vous avez à répondre devant l'Europe. Tous les écrivains de France sont des chefs. »

blic qui les ignore et doit les ignorer. Mais dénoncer impitoyablement, persévéramment les ouvrages et les journaux qui manifestent déjà leurs ravages ou en menacent incontestablement les milieux préservés ; les dénoncer à l'autorité, aux diverses autorités, aux pouvoirs, à tous les pouvoirs, aux dirigeants de toutes catégories ; les dénoncer, s'il le faut, à l'opinion publique.

Dénoncer aussi, aux uns et aux autres, non seulement tel péril déterminé, mais surtout, avec un zèle redoublé le mal profond, chronique, multiple que cause aux familles et partant à la société l'effroyable propagation de la littérature ennemie.

Dénoncer, par toutes les voies que le progrès moderne met à la disposition des militants, par les conférences, les meetings, les protestations dans la rue, les campagnes de presse, les campagnes d'affiches et de tracts, etc [1].

1. Cette dénonciation, telle que nous la préconisons ici, et telle que nous la pratiquons depuis de longues années, n'est qu'une forme de la critique.

C'est ce qu'exprime très bien M. Maurice de Waleffe dans *Paris-Midi* du 11 janvier 1923 :

« Si la critique est admise du point de vue artistique, dit-il, on ne voit pas pourquoi elle serait interdite du point de vue morale. Une société, un cercle, une église possèdent naturellement la liberté d'excommunier de leur sein un membre jugé indésirable par la majorité. Tant que cette excom-

Voilà ce que certains d'entre vous ont fait, que nous avons fait nous-mêmes, et qui est à la portée de toutes les bonnes volontés, largement éclairées.

*
* *

Agir, toujours dans cette sphère où vous voulez bien m'accompagner, c'est nettoyer, désinfecter, assainir.

Assainir la maison, sa propre maison, en vidant la bibliothèque du salon, des livres qui ont perverti, troublé ou égaré, parfois depuis un siècle et davantage, une partie de la lignée et une légion de domestiques ; en vidant les poches des jeunes gens, le sac des jeunes filles et la cassette des tout-petits ; en détruisant les vieux ouvrages suspects et les nouveaux plus malsains; en bannissant les journaux corrup-

munication ne se traduit pas par une demande au bras séculier d'intervenir et de punir, elle ne lèse aucune liberté publique. Le Saint-Office de l'Église Romaine condamne tous les jours des écrivains. Le Conseil de l'ordre de la Légion d'honneur peut évidemment en faire autant.

« Votre droit d'écrire tout ce qui vous passe par la tête a pour correctif mon droit de le critiquer. Et ce droit n'est pas du tout soumis à la condition d'écrire moi-même. Une critique émise par des hommes du métier aura certes plus de poids. Mais l'épicier du coin a parfaitement son droit de critiquer... »

teurs ou dissolvants ; en congédiant nettement les colporteurs, marchands ambulants et placiers divers, qui joignent à la vente d'objets utiles et d'articles inoffensifs, la propagande des productions malfaisantes.

Assainir les lieux publics, en invitant ceux qui en ont la garde ou la propriété, à les garantir contre l'invasion des papiers suspects ou des images démoralisantes.

Assainir la rue, la rue qui est aux honnêtes gens et aux enfants, avant d'appartenir aux autres, malgré tous les préjugés contraires et malgré les prétendues hypothèques morales dont les autres s'obstinent à la grever. La rue est à nous, c'est à eux d'en sortir ou de se ranger. Assainir la rue, en la débarrassant, à tout prix et par tous les moyens, de ce qui, aux étalages, aux vitrines ou sur les murs, est véritablement choquant pour les adultes, et pour les enfants un appât pour ses curiosités dangereuses, voire même une excitation permanente au désordre.

Assainir enfin l'atmosphère ambiante, la mentalité publique. Elle est hostile aux familles, aux familles nombreuses surtout. Les hommes d'Eglise, les moines, les dévots sont décriés, bafoués, exposés aux quolibets, aux sarcasmes, parfois aux injures. Mais n'en parlons pas : ça ne casse rien ou guère... Cependant... Mais ce n'est pas le lieu d'en parler. Ce qu'il importe de signaler, c'est l'attitude hostile prise, de nos jours encore, à l'égard de la famille, par le public bourgeois et ouvrier qu'ont façonné à leur image les sophismes et les bouffonneries des théâtres.

Il est urgent de réagir, en démontrant à ces dupes, l'erreur, les impostures, l'indignité des ouvrages mystificateurs, en réhabilitant — nous en sommes là ! — en réhabilitant la noblesse de la mère, la splendeur et la nécessité des familles nombreuses, la beauté de la vertu chez l'enfant, chez le jeune homme et chez la jeune fille, l'éminente dignité de l'époux et de l'épouse fidèles à leurs serments, la gravité des fonctions dévolues à tous ceux qui composent la famille française.

Faute de cette préalable opération, les semences de résurrection que nous essaierions de jeter dans les âmes, se perdraient dans cet océan sans fond, où se rendent à flots grandissants, les sophismes et les mensonges répandus sur tous nos chemins par les malfaiteurs de l'écritoire et des tréteaux.

Voilà ce à quoi peuvent encore travailler les pères de famille.

Agir, c'est éduquer et au besoin rééduquer. Les

pères de famille sont, par état, des éducateurs : ils comprennent l'importance de l'éducation. Dans le sujet qui nous occupe, elle s'avère d'une nécessité inéluctable.

Nous avons accusé, au cours de ce rapport, la littérature et les spectacles d'être les grands corrupteurs du peuple et des familles. Et nous avons abondamment justifié notre accusation. Il ne faudrait cependant pas oublier qu'ici, comme dans d'autres questions, les causes et les effets réagissent les uns sur les autres.

C'est ainsi que les livres et les théâtres malsains ne seraient pas dangereux pour un public sain, et qu'ils sont d'autant moins malsains que le sujet, grâce à sa santé morale, présente à son action une réceptivité moins facile. La recherche du faisandé indique une perversion du goût et une anomalie de l'estomac. La mauvaise littérature a contribué, et pour une grosse part, à l'œuvre corruptrice ; laissée à ses propres forces, elle n'aurait pas su créer ou la maintenir.

C'est ce que démontre lumineusement M. Georges Deherme, dans son ouvrage *Les Classes moyennes* :

« La littérature altère profondément les mœurs ; mais elle n'a pu s'y employer efficacement, que lorsque les idées étaient déjà troublées, les principes affaiblis, les règles méconnues, les volontés énervées, pour tout dire, lorsque les âmes n'avaient plus de direction ».

Equiper les âmes, les armer, les fortifier pour les prémunir, voilà le travail de rééducation auquel doivent s'appliquer les pères de famille. Le sujet prête, et vous voyez, Messieurs, tout ce qu'il me resterait à dire, si je voulais le développer [1].

Agir, c'est donner l'exemple. Le bon exemple,

1. Traitant récemment une question analogue, dans *La Revue des lectures* (15 février 1923) j'exprimais cet avis :

« Je dirais volontiers qu'actuellement, certains dirigeants se comportent à l'égard du fléau des mauvaises lectures comme nos pères se comportaient depuis 1880 ou 1890 à l'égard de la dépopulation ou encore, pour reprendre notre comparaison de tout à l'heure, comme se comportaient les hygiénistes et les médecins avant les découvertes de Pasteur.

« Ces autorités sociales s'imposent les plus lourds sacrifices et font les plus louables efforts pour guérir les maux qui affligent les individus, les familles et la société. Malheureusement, elles ignorent le microbe... Du moins elles ne se rendent pas suffisamment compte qu'au fond de tous ces maux, il y a un mal qui est essentiel parce qu'il rend vulnérables les individus, les familles et la société et qu'il les met en état de réceptivité morbide, un mal qu'il faudrait traiter au moins autant que les autres : le mal de la mauvaise lecture ».

comme chacun sait, est de rigueur pour tous les hommes ; mais il l'est doublement pour ceux qui, comme les pères de famille, veulent s'imposer, commander, entraîner. Selon ce que M. Paul Bourget fait dire à un de ses personnages « l'homme n'est pas fait pour lui-même, mais pour quelque chose de plus grand que lui... L'on n'entre dans la vraie vie qu'autant qu'on se renonce ».

Cette loi, qui parait si dure, trouve son application dans le bon exemple. Ne pas acheter, ne pas accepter, ne pas lire un livre, un journal ou une publication qui ne donnent pas d'ordinaire à la famille une place suffisamment honorable ; ne pas donner son argent aux éditeurs, aux libraires, aux marchands de journaux, aux entrepreneurs de spectacles qui font obstinément mépris des droits de la famille ; cela, et d'autres négatives, c'est du renoncement, c'est de l'exemple, c'est de l'action.

Agir enfin, c'est grouper et organiser. Se grouper et organiser, c'est s'associer, pour et dans l'action, avec tous les gens qui, animés d'un même zèle et visant au même but, s'ignorent en fait trop souvent, ou s'entrechoquent, se gênent, se tiraillent ou se jalousent.

J'aurais conscience de m'appesantir sur ce point : les exemples vivants sont d'un autre pouvoir que tous les discours. S'il me fallait démontrer pourquoi et comment il faut s'organiser, ce sont aux meilleures des associations familiales que j'emprunterais mes meilleurs arguments.

*
**

Après avoir indiqué quelques moyens d'action plus particulièrement propres à occuper les pères de famille isolés et les groupements locaux, il me resterait à étudier encore les grandes lignes du programme général. Mais je me sens arrêté par un scrupule analogue à celui que j'exprimais tout-à-l'heure. Il ne m'appartient pas en effet, de glisser des suggestions personnelles dans les hautes et sages directives de vos présidents et de vos chefs.

Je hasarde seulement un vœu. Je voudrais donc que l'article IV de la « Déclaration des droits » occupe une place principale, une place de choix, parmi les soucis, les délibérations et l'activité des dirigeants du Grand Quartier général des familles.

Les revendications qu'il affirme conditionnent en effet le sort de toutes les autres. Toutes les autres porteront en soi quelque chose de caduc et d'inachevé,

8

elles tiendront de l'inconséquence, de l'illusion généreuse, ou du compromis, si nous ne combattons pas et n'énervons pas la littérature ennemie de la famille, si, selon le mot du docteur Roques que nous avons déjà cité, si « tout ce qu'il y a de propre et de sain dans le pays ne désavoue à haute voix ces ignominies et ne fait un effort d'assainissement; si l'on ne travaille pas, devant l'Europe et devant le monde, à préserver la gloire de Verdun de la honte de notre librairie » et de notre presse.

2.

Cette lutte permanente et concertée, si difficultueuse qu'elle soit et si efficace qu'elle puisse s'annoncer, ne constitue cependant qu'une partie de la tâche des familles.

S'efforcer à réduire l'influence néfaste de la littérature ennemie, c'est bien, mais cette entreprise appelle son complément : aider, soutenir, stimuler, célébrer les écrivains de tous ordres, qui consacrent leur talent à la combattre comme vous et à la remplacer.

Sur cet objet que je considère comme de toute première importance et que je placerais dans notre programme sur le même pied que le précédent, j'insisterai peu. Faute de temps, j'abrège et je tourne court. Aussi bien, il faudra bien un jour écrire un volume sur la littérature amie de la famille.

Affirmons ici, et dès l'abord, que cette littérature existe ; qu'elle prospère, qu'elle groupe des noms glorieux et des œuvres de prix, et qu'elle n'attend pour prévaloir, pour primer, pour régner et gouverner, que l'appui de ses bénéficiaires et de ses protecteurs naturels.

Au cours de la mission Champlain qui parcourut en 1912, quelques parties des États-Unis et du Canada, M. René Bazin, de l'Académie française prononça, à l'Université Laval, de Québec, un discours pour « la défense du roman français ». Entre autres choses, il disait :

« Nous avons toujours eu, parmi nous, des esprits qui ont mis dans les œuvres romanesques cette part de nos préoccupations présentes, des problèmes éternels ou passagers, qui fait que nous connaissons mieux, en lisant l'œuvre, le monde où nous vivons, et qu'il nous reste de la lecture autre chose qu'une émotion : une idée. Pas de thèses, mais des idées, car la vie en est pleine, et elle est enseignante ; pas de thèse, mais des fenêtres ouvertes sur le vaste monde et sur le ciel ; pas de thèse, mais, à côté de l'amour, ou dans l'amour même, un idéal supérieur à la passion, une loi qui rehausse, une direction, une vue générale qui relie un drame particulier à l'humanité même, et qui ne supprime pas l'émotion, loin de là, mais qui l'élève jusqu'à une leçon ; qui de nous n'a cherché cela, avidement, subtilement dans l'œuvre de l'écrivain ? Il a le droit de faire des œuvres moralement indifférentes : mais notre admiration lui sera plus reconnaissante s'il a laissé à ses semblables une espérance, une force, une croyance. Alexandre Dumas fils disait ce mot qui a été rapporté par Sardou : « Toute œuvre littéraire qui n'a pas en vue l'idéal et l'utile est malsaine et lettre morte ». Et le romancier russe Tolstoï, dont l'œuvre a des parties de christianisme et des parties de nihilisme, a dit, mieux encore, dans un de ses bons jours : « L'art est un moyen, entre les hommes, de se communiquer leurs plus nobles pensées ».

« Eh bien ! non seulement, à toute époque, à côté des amuseurs, nous avons eu de ces artistes bienfaisants, mais je dis que l'œuvre présente est bonne à ce point de vue : que depuis longtemps nous n'avons pu montrer un ensemble d'œuvres littéraires d'une aussi haute tenue, d'une signification aussi heureuse ». (René Bazin, *Le Gaulois*, 25 juillet 1913).

Cette constatation de l'éminent écrivain de la famille, se vérifie bien plus nettement aujourd'hui qu'en 1912. Des romanciers existent, des dramatistes existent, des critiques et des journalistes existent qui travaillent pour nous. Mais les familles ne travaillent pas assez pour eux.

Dans une page fort vive, dont je n'ai pas cherché la référence, Ernest Hello se prend à cette indifférence lamentable que professent souvent les plus gens de bien à l'égard de leurs défenseurs :

« Je suis convaincu, dit-il, que la plupart des hommes supérieurs, dans l'ordre du mal, ont donné tout ce qu'ils pouvaient donner, soutenus, encouragés, vivifiés par leurs amis.

« Je suis convaincu que la plupart des hommes supérieurs, dans l'ordre du bien, sont morts de chagrin, assassinés par l'indifférence de leurs amis.

« Et ce crime infini a pour châtiment la diminution de la vérité parmi les hommes, le renversement des sociétés humaines, les révolutions, les guerres, les ruines, les désespoirs, le triomphe de l'injustice, tous les autres crimes et tous les autres malheurs.

« Tous les crimes, tous les malheurs, tous les fléaux connus sont les conséquences et les châtiments de ce crime infini et inaperçu.

« Ah ! je voudrais avoir une voix comme on n'en a pas sur la terre pour faire entendre ces vérités, et pour les faire entendre dans l'intime de chaque âme, d'un bout du monde à l'autre... Je voudrais montrer ce que c'est qu'un homme qui était chargé de dire la vérité, et dont la parole meurt dans le découragement... »

Tous les chefs de famille ne méritent pas ces objurgations. Qui oserait cependant prétendre, parmi nous, qu'il a accompli tout son devoir envers la littérature amie de la famille ?

Si j'en crois mes renseignements et certains faits connus de tous, cette situation antinomique et préjudiciable touche à sa fin. Vous vous résoudrez à rendre justice à vos amis des lettres, à ces parents pauvres qui veulent le rester — et parents et pauvres — pour mieux servir.

Les moyens pratiques d'y pourvoir ? Je n'ai pas le temps de les examiner ici.

III

Un dernier mot

Pour finir, permettez-moi de répondre, par quelques mots, à une dernière préoccupation qui, je le sens, se glisse, confusément du moins dans les esprits de mes lecteurs.

Il existe d'une part, une littérature ennemie ; et d'autre part, une littérature amie. Comment s'y reconnaître ?

Il faudrait, semble-t-il, une œuvre, une revue, un journal, un organisme ou un organe quelconque, qui fût un guide et qui en raison de sa fonction, mettrait au premier rang de ses préoccupations la famille, le respect de la famille, la famille et son excellence, la famille et ses devoirs, la famille et ses droits ; un guide qui serait d'abord consciencieux, et qui, sans prétendre au magistère absolu et à l'infaillibilité mériterait par sa bonne volonté et sa loyauté, la confiance des familles.

Ce guide, des milliers de groupes et des myriades d'hommes pensants l'appellent de leurs vœux les plus ardents.

Imaginez-vous, en effet, qu'il existe un organe qui se charge, en toute indépendance, de cette délicate mission. Dans les formes voulues, cet organe, dirigé par les trente ou quarante têtes incorruptibles dont parlait Rivarol, dit toute la vérité et rien que la vérité sur les productions de la librairie courante, sur les journaux, les revues, les magazines, les collections variées qui envahissent nos foyers, nos ateliers et nos salons. Il parle aux mères, à la jeunesse, aux élites, aux masses. Il renseigne, il éclaire. Il tient auprès de ses clients et de ses clientes, le rôle que joue par exemple le directeur d'une « free library » ; il signale avec discernement les publications qui conviennent ou ne conviennent pas à chaque âge, à chaque condition, à chaque membre de nos familles : il est pour ces millions de familles qui cherchent un idéal intellectuel, un phare, et pour la société une forteresse. C'est, je crois, Saint Charles Borromée qui avait écrit sur le fronton de sa bibliothèque ces mots pleins de choses : « *Praesidium reipublicae christianae !* »

Je vous laisse à penser quel succès il obtiendrait, dès que son avènement serait dûment notifié. C'est le moment opportun. L'idée est dans l'air. Les familles veulent des guides dans tous les domaines, dans le domaine intellectuel comme dans les autres. La bonne brise souffle, elle rallume, elle réchauffe, elle éclaire le foyer. Ici, comme sur d'autres points, c'est l'heure du pilote.

*
**

Je n'ai plus qu'un mot à dire. J'ajoute, et ce sera ma conclusion ; j'ajoute, et c'est mon devoir d'ajouter, que l'œuvre dont je suis chargé depuis trois ou quatre lustres, a précisément essayé de réaliser ce programme.

Résolument, elle a pris en mains la cause des pères de famille. Et parce qu'elle s'intéressait aux familles, tout en s'occupant de littérature, elle a partagé la disgrâce imméritée dont les tenants de la littérature ont frappé les familles. La littérature ennemie de la famille la méprise, parce qu'elle est la littérature ennemie de la famille ; la littérature amie l'ignore trop, parce qu'étant, elle aussi, littérature, elle n'est pas suffisamment amie de la famille pour se séparer complètement de la littérature ennemie.

L'œuvre dont je parle sollicite votre sympathie : la sympathie ici s'identifie à la générosité, à la sagesse, à l'équité.

TABLE DES MATIÈRES

DEUXIÈME PARTIE

Les droits

TROISIÈME PARTIE

Les devoirs

Imprimerie Générale de Châtillon-s-Seine. — Euvrard-Pichat.

www.ingramcontent.com/pod-product-compliance
Ingram Content Group UK Ltd.
Pitfield, Milton Keynes, MK11 3LW, UK
UKHW020320180726
13839UKWH00002B/502

9 782329 572772